鸭子与先知

林晓哲 著

天津出版传媒集团
百花文艺出版社

图书在版编目（CIP）数据

鸭子与先知 / 林晓哲著. -- 天津：百花文艺出版社, 2022.12
ISBN 978-7-5306-8430-6

Ⅰ. ①鸭… Ⅱ. ①林… Ⅲ. ①中篇小说-小说集-中国-当代②短篇小说-小说集-中国-当代 Ⅳ. ①I247.7

中国版本图书馆 CIP 数据核字(2022)第 238159 号

鸭子与先知
YAZI YU XIANZHI
林晓哲 著

出 版 人：薛印胜　**选题策划**：汪惠仁
编辑统筹：徐福伟　**责任编辑**：邱钦雨
美术编辑：郭亚红　**装帧设计**：川 一
出版发行：百花文艺出版社
地址：天津市和平区西康路 35 号　**邮编**：300051
电话传真：+86-22-23332651（发行部）
+86-22-23332656（总编室）
+86-22-23332478（邮购部）
网址：http://www.baihuawenyi.com
印刷：山东临沂新华印刷物流集团有限责任公司
开本：880 毫米×1230 毫米　1/32
字数：135 千字
印张：7.75
版次：2022 年 12 月第 1 版
印次：2022 年 12 月第 1 次印刷
定价：65.00 元

如有印装质量问题，请与山东临沂新华印刷物流集团有限责任公司联系调换
地址：山东省临沂市高新技术产业开发区新华路 1 号
电话：(0539)2925886
邮编：276017

目录

鸭子与先知

一

那日下午四时许，我在杭州拱宸桥桥西历史文化街区，遇见了一位故人。当时我正向周芹提议，后退至某小铺买一至三根冰激凌。至于是一根、两根，还是三根，由周芹定夺。但周芹只是拖拽着哭闹的孩子朝前走去，因为力不从心又显得气急败坏。停！我叫了一声，结果仅有我一人停住脚步。跟上脚步朱小叨不会善罢甘休，而贸然后退周芹更可能失控。正在这两难处境中，故人与我擦肩而过。她的穿着、装扮我已不熟悉，我几乎是瞧着她离去的后脑勺才确定是她。她步履轻快，低垂着头，拿着手机说着什么。很难想象我在街头的喊叫竟没有引起她的注意，何况我的声音穿透力强，辨识度也高。我转过身子，等待她回头看我，接着跟着她的背影走了几步。我停在某小铺门口，买了两根黑巧克力雪糕，看着她消失在一个拐角。

我举着雪糕，貌似在搜寻周芹二人，内心却在还原与张宛相遇的瞬间。诚然，在喊出“停”的刹那，我正眼巴巴地盯着周芹，但余光尚可瞥见两侧少许光景——我的余光确实感知到某一时刻另一道目光的投射，即使时长不足一秒。或许，张宛早在我喊出“停”的刹那之前，就已经发现了我。也可能，张宛是在发现我之后低下头拿起手机的，她不仅看到了我，也看到了周芹和我的孩子，甚至包括我们一家三口的纷争。张宛走路向来闲散，方才未免轻快了些。而她在前方最近的拐角处拐弯也十分可疑：假如她要走向大马路，何必恰恰是在遇到我之后呢？

周芹锐利的目光与我的迷茫形成对比，这使朱小叨挣脱周芹并破涕为笑显得无足轻重。周芹推开我递过去的雪糕，露出鄙夷之色。才三十二块，不贵。我又递上雪糕。留着你自己吃吧。周芹的目光越过我，望向前方最近的拐角处。

我：你吃吧，我吃了准闹肚子。

周芹：那女的你认识？

我：谁？

周芹：那女的。你刚才盯着看的那女的。

我：我盯着看谁了啊？

周芹咬了口雪糕，抬了抬下巴。这时我才意识到张宛可能又出现了。我沿着周芹下巴的指向望去，果然又见到了张宛。她胸前半举着一只旁轴相机，看样子像是随时会抓拍什么。张宛拐过弯，我们的目光触碰在一起，彼此露出惊讶之色。我们至少有十年未见了吧，十年后几分钟内就见了两次，不由得我们不惊讶。当然，我的惊讶主要是给周芹看，而张宛的惊讶可能是我们依然停在原地。张宛叫了一声“朱盾”，我也叫了一声“张宛”。她问我怎么会在这里，我回答说一家人出来玩，顺带介绍了周芹和孩子。但向周芹介绍张宛颇为犯难，只得以“同学”搪塞。张宛向周芹点头致意时，摸了摸朱小叨的头，说都这么大了，好像她之前见过似的。之后我们不知道该说些什么，我瞥了一眼张宛胸前的相机，是徕卡 M10。

张宛：给你们一家拍张合影吧？

我：好啊。

张宛：把你的相机给我。

我：我没带相机，只有手机。

张宛愣了一下，举起胸前的相机，后撤两步，在眼睛未探向取景框时便连续单手按下快门。之后，她才正儿八经地指挥站位，把我和周芹的一脸假笑定格在混浊的运河前。这正是我熟悉的张宛，那些被抓拍到的表情常常让她莫名亢奋。当然，日后周芹只看到假笑的照片，而另一张，闭着眼享受雪糕的朱小叨、为只有手机而羞愧的我以及紧锁眉头乜斜着什么的周芹——她是肯定看不到的。它只存在于我的网盘里，需要打开五个文件夹才能看到。张宛拍了照片后，如何给我又成了问题。我早已更换了手机号码，又没有张宛离开后的联系方式，事实上连她之前的我也记不得了。当着妻子的面和前女友互留电话号码或互加微信，多少有些尴尬，何况周芹向来是一个嗅觉敏锐的女人。但除此之外，别无他法。总不能不要照片了吧？

加过微信，一行四人一起朝前走。我们一家本来就是朝前方的游轮渡口而去，而张宛若不朝前走，便坐实了她的回头是为与我重逢。当时，周芹领着朱小叨在右，我居中，张宛在左，这种情景殊为难得，但离前方渡口至少还有三百米，张宛不至于一直这样陪我们走下去吧？我和张宛不痛不痒地扯了几句，大致明白她依然行踪不定，依然在玩摄影，依然爱闲荡街拍。很少回家吧？我不经意地问了一句，未料周芹马上瞟来一眼，可见她对我和张宛的关系早起疑心。很少。张宛侧过脸，只让周芹瞟到她的右耳。张宛耳垂朝后，耳背空凹，还长了一颗不大不小的黑痣。她侧脸时恰好看见一间厕所，这让她有了脱身的借口。

就这样，我和张宛的重逢结束了，日后我们也没再提起此事，我也无法确定她当时是否真的进了女厕所。时隔多年，张宛看不出有什么变化，只是头发短了，话更少了，让她原本就缺乏的女人味又少了些。坐游轮的时候我搜索了一下“张宛”的词条，网页跳出的大多是别人，而和此时此地有关的，都离不开摄影，网上有一个“张宛摄影”的博客，已经五年多没更新，最后一篇里有一张和森山大道的合影。我回想起了一些事情，特别是看到运河里游着的一群鸭子后。倒不是二人生活的细节或身体的缠绵，事实上，我一时还没想起和张宛同居的那段日子。我和张宛互不为初恋，这种既不是起点又不是终点的爱情大概是最容易被遗忘的。

周芹：你们是什么时候的同学？

我：大学吧。

周芹：怎么从没听你提起过？

我：不够要好吧。

周芹：不够要好你怎么知道人家很少回家？

我：我随口问问啊。

周芹：你随口问问，问到人家家里去干吗？

说的也是，周芹的睿智让我省了不少事，通常只需招架几个回合就可以坦白了。我对周芹说，如果你不介意，我倒真想絮叨絮叨我和张宛的往事。

神经病。周芹说。

二

我和张宛是在老李的摄影棚里认识的，那时有一群人常常聚在那里谈摄影。我去的时候张宛肯定没在，至于之后什么时候加入的，我也不太清楚。张宛是极个别慕名而来的那种，起初和在场的所有人都不相识。她姿色不算出众，又从不参与讨论，如此冷而不艳，被人忽视也在情理之中。我现在知道的大部分摄影家的名字都是在聚会上听来的，比如萨尔加多、布列松、寇德卡、森山大道等，而提到国内的大多不太客气，处处洋溢着崇洋媚外的激情。只有老李的前妻李嫂正统些，每回都会和颜悦色地给我们沏茶倒水。有一天晚上，李嫂端来的不是茶水，而是一桶尿，泼在我和张宛中间一位白衣男士的身上，颤颤巍巍地说着搞鸭搞什么鸭之类。“搞鸭”一词此处明显误用，后来我和张宛还讨论过，我认为，李嫂说“搞鸭”而不说“搞基”，可能是“基”与“鸡”谐音的缘故，众所周知，鸡通常指向女性，鸭则多指男性，我们很难想象唐老鸭会发出女人的声音。至于当时张宛有什么看法，我一点印象都没有了，也可能没有看法。老李和白衣男士从此消失，很快获悉二人去了杭州。一个朋友还曾特地拜访过二人新开的摄影棚，回来的时候说，看他们过得挺好的。我们都很怀念在老李摄影棚里聚会的日子。

李嫂泼尿的时候不够小心，将一小部分尿泼在无关人等的身上，其中就包括我和张宛。当时我匆匆赶回宿舍，打算冲一个热水澡，无奈宿舍停水了。这种情形并不多见，这么说来，我和张宛在碧水湾里相遇好像是命中注定的。张宛倒不是因为停水，她本来就常常出没于此，还在此寄存了好几套衣服。张宛住在新城，说是新城，当时建成的，也就是一条百来米宽的大路和一个叠墅小区。新城现在是热闹了。想想当年夜深人静，张宛在出了好几桩命案的叠墅小区凭栏远望，看到最近的灯光还是头上的月亮，这不能不说是一件恐怖的事情。

我是在咖啡厅遇见张宛的。想必当时情形大致如下：张宛穿着睡衣，一袭长发遮住了大半张脸，俯首看着一本摄影集，一只手翻着书页，一只手拨弄着徕卡 M7 相机。这台相机之后作为我的婚前财产被封存在老家的仓库里，我已经多年没见过它了。在那样的场景里，张宛无疑是风姿绰约的存在。摄影集和照相机都是搭讪的好借口，我没多想就坐到她的对面，定睛一看才知眼熟。当晚我们坐了很久，我点了两杯咖啡后又点了几瓶啤酒。点啤酒就有些刻意而为了，可惜张宛没喝。那个晚上我和张宛聊得不多，许多时间我只是在喝啤酒，而张宛也只是在拨弄照相机，但周围的气息依然是暧昧的。我们眼神的波动和嘴唇的嚅动都充分印证了这一点。

没过几日，我就去了张宛的家。这是自然而然的，谈不上谁提议还是谁邀请。一进叠墅小区我就有些发怵，还有一股阶级意识涌上心头。张宛的家里挂满了名家摄影。侯登科的素朴、阮义忠的温暖、吕楠的恢弘、张照堂的荒诞、陆元敏的忧郁、卢广的严酷……诸多名家真迹一一呈现，我真是大开眼界，也更加自惭形秽，直到坐上沙发还心神不定。张宛倒没什么，连一杯茶水都没泡给我。她只是把一本摄影集递到我手里，平静地坐到沙发的另一端。张宛的客厅只有一张四人位米白色大沙发，很宽，可躺。

张宛似乎对卢广尤为倾心，客厅的背景墙上，是几张卢广的污染主题摄影，和墙壁的素白倒也不违和。沙发背后是大书柜，张宛的摄影集就是从这里抽出的。从那天开始，我多次出没在张宛的家里，翻了不少摄影集，翻得最多的是外文原版的，多数作者无从知晓姓名。当时，我靠在沙发的这头，而张宛靠在沙发的那头，我裸露的脚尖伸向她的屁股，她的脚尖则仅抵我的大腿外侧。我会不时瞄一眼张宛，从裤管瞄到胸，从胸前的一绺头发瞄到眼睛。有一天，我们的裤管不小心碰在一起，彼此感知了一下大腿的肉感，我立即挪开又挪了回来。张宛始终不为所动，可见她对摄影的兴趣远超过我。我们一起学习了一阵子，这样看来，说我和张宛是同学也不过分。

张宛的家里只住着她一人。她妈妈去世了，爸爸是一家民营企业的老板。她妈妈去世没多久，爸爸就娶了新的妻子，年纪和张宛的大哥相仿。这位年轻的后妈很快生下了两个儿子，那时才五六岁吧，可想而知她的爸爸有多么忙碌。张宛很少去探望两个同父异母的弟弟，她和两个哥哥也很少来往，那时他们也有了孩子，比两个小叔叔小两三岁吧。总而言之，张宛对妈妈走后家里接二连三迎来新的生命不太适应。她的两个哥哥很快搬出去了，她大学毕业一回来就在外租了房子，几个月后，她的爸爸给她买下了现在的房子。

自从她爸爸又当了爸爸后，坊间就有传闻，说她妈妈是被爸爸推下阳台致死的。这个传闻很快传到张宛的外婆那里，她外婆就带着外公的遗照和几个舅舅来找她爸爸讨个说法。其中一个舅舅从中调停，认为她爸爸不至于坏到把她妈妈推下阳台，但对他们的姊妹照顾不周是肯定的，她爸爸明白其中的道理，给了她几个舅舅每人一笔抚恤金，恳请他们好好安抚她外婆的情绪。这事就这样了了，张宛和外婆的关系也疏远了，而她是外婆一手带大的。张宛相信爸爸没有说谎，妈妈是从阳台跌落的。妈妈一直患有严重的抑郁症，死亡对她而言是一种解脱。妈妈在最后几年带给张宛的全是痛苦的回忆，她只是觉得爸爸和哥哥把痛苦忘得太快了，这是她难以接受的。

张宛说这些时没有哭哭啼啼，偶尔苦笑一声，使我没法以安慰的名义抱住她。坦率地说，当时无论是生理、心理还是伦理，我都需要一个可以谈婚论嫁的女朋友，张宛各方面条件无疑是优越的，我也想借此告别那间破宿舍。另外，张宛也需要男朋友，躲在浴场里睡觉绝非长久之计，何况那里也不太卫生。还有一点，我们总不能一直干巴巴地坐在沙发上看摄影集吧？有一天，我找到一本法国摄影家杜瓦诺的集子，里头有一张被称为“最著名的吻”的照片，那是在巴黎市政厅前，一对年轻的恋人忘情接吻，周围行人行色匆匆，死气沉沉。我捧着摄影集从沙发的那头走到这头，半跪在张宛身边，使以两张嘴为端点的虚拟线段与地面基本平行。

我：杜瓦诺这张照片我看是摆拍的。

张宛：就是摆的呀。

我：看来我眼力不错，要不，我们也摆一个？

张宛像是惊呆了，嘴唇一凸，反倒缩短了端点之间的距离。我凑过去，让两个端点叠合在一起，又倏忽间分离。张宛莞尔一笑，低下头，盯着手中的摄影集，指了指某页上的照片，示意我一起看。我坐下来，沙发两端的重量至此严重失衡。两个年轻的身体终于紧挨在一起，这才是它们该有的样子啊。

三

傍晚时分，张宛就把照片发给我了。当时我正在一家餐馆吃饭，周芹则在我对面训斥不吃饭的朱小叨，我们都表现得极为专心。如上所述，张宛发来了两张照片，我把另一张照片转存到网盘，接着删除微信记录，以备周芹查阅。我对张宛说了声"谢谢"，迟迟未收到回复，就把照片发给周芹，好让不吃饭的孩子缓口气。周芹的手机放在手提包里，没听见，我只好举起手机给她看。周芹乜斜一眼，突然较真起来，还把我的手机夺走了。拍得不错嘛。周芹用手指在屏幕上比画着，大概是在放大自己的面孔，或只是想把我和朱小叨清除到屏幕外。唉，就是胖了点。一点都看不出她刚刚还在发脾气。要不回去把照片冲出来，我们家是有多久没合影了？

张宛就是在这时回微信的。因为手机在周芹手中，我在几分钟后才得知二者聊天的内容。

张宛：如果冲洗，可以找老李，他也在杭州。爱普生艺术微喷，效果不错。

张宛：怎么没带相机？

张宛：老李现在在做手工摄影集，也许你也有需要。

我（周芹）：怎么联系老李？

张宛：李记摄影工坊，导航可到，不远。

我（周芹）：好，谢谢。

张宛：我这几天会回家一趟。

我（周芹）：嗯？

张宛：到时联系。

我（周芹）：好。

我（周芹）：你觉得我老婆怎么样？

张宛：问你自己。

周芹揣摩了一会儿才把手机还给我，脸上写着“免费帮忙打字，不谢”。老李的微信我有，逢年过节的也没少转发网络图片致意。此时周芹关心的不再是儿子吃还是不吃，而是张宛的“到时联系”到底是什么意思。

周芹:你去还是不去?

我:你不是说“好”了吗?

周芹:你问问你自己,会说不好吗?

我:那你说我是去还是不去?

周芹:你想去就去。

我:如果你不想我去,我就不去。

周芹:你去可以,别背着我去。

我:好。

周芹:好啊朱盾,你是一心想着去啊?

周芹毕竟是我的妻子,我没理由让她在我去不去见张宛的事上感到不快。我向周芹坦言,假如张宛的事无关紧要,我就不去见她。张宛联系我能有什么事呢?总不至于是见不得人的事吧。但这一话题不宜纠缠过多,我便趁隙联系了老李。老李就在店里。周芹声称从未在生活中见过同性恋者,她怀着巨大的憧憬去见老李,结果大失所望。多年不见,老李瘦了许多,胡子拉碴的,和摄影工坊倒是般配。那间摄影工坊狭长逼仄,远不如当年我们聚会的地方敞亮,看来城市越大,容纳我们的空间越小。我拖家带口的和老李站在角落里喝茶叙旧,只见两个忙着上网的男店员,不见当年白衣男士的影子。

老李摄影工坊不仅逼仄,还很乱,每个角落都在展示心无旁骛的忙碌。墙壁上几张色彩浓烈的照片挂歪了,地上裁掉的艺术纸和卡纸沾满脚印,一排书柜最上方横放的一大摞书摇摇欲坠，纸篓里塞满了废纸和瓜皮果屑，墙角堆着的相框积了一层灰，有个相框上还摞着两团针线，连我都产生了打扫卫生的冲动。李嫂如在，绝不会出现这种情况。在老李摄影工坊，唯一让人赏心悦目的就属手工摄影集了。我很快看到张宛的摄影集，占据书柜第二排一整排的地方，足有一米宽。由此看来，张宛把我引入老李摄影工坊，未必不是有意为之，一张普通的家庭合影犯不着艺术微喷啊。

当时，周芹正满心欢喜地盯着刚刚微喷的合影看个不停。为掩人耳目（主要是周芹），我不得不选择在别人的摄影集和张宛的摄影集之间周旋，其间还得和老李扯上几句，用余光掌握周芹的动态：周芹手中的照片被老李拿走装框；周芹瞟了我一眼；周芹看着老李裁切卡纸；周芹忽地瞪大眼睛，冲向门口的朱小叨；周芹跟着朱小叨上街了，上街之前，又瞟了我一眼，大意是我要抓紧时间了。我确实是抓紧时间的。在上述时段中，我潦草地翻了几本张宛的摄影集，在此后周芹和朱小叨上街的几分钟内，我又翻了几本摄影集。我大致看到了张宛十年摄影的精华。假如我和张宛没有分手，我即使不在其中的一些照片里，也会在拍下照片的镜头边。我会是这些照片的当事人或见证者。我好像和张宛一起穿梭到照片呈现的街景里，以及海岸线、矿区、民工聚居地、校园等各个地方。也许我们会为某段行程的安排或某张照片的取景争吵不休，也许我们会在拍摄现场情不自禁地拥吻，也许我们会为躲避被摄者的袭击而狼狈逃窜。这样一来，张宛第一本摄影集（名为《西行》）里的第一张照片，就可能不是在一个小镇路口，一左一右呆望镜头的一只猫和一条狗，那是我们分手后不久拍的。她静穆庄严的“海岸”组照里，画面主体就可能不是死在滩涂的鸟、破渔网、泡沫垃圾和一脸苦闷的渔民。她可能也就不会拍“二十一岁的雨季”，那些被雨淋湿的、目光迷离的女生肖像。二十一岁，是妈妈去世时张宛的年纪。

老李把装了相框的合影递给我，我摆了摆手，相比之下，合影实在没什么看头啊。老李凑过来，以为我被他的设计吸引，就开始吹牛了。我没有打断他，也谈不上在倾听，我翻到了张宛的又一本摄影集——《房间》。张宛把房间里的生活毫无保留地袒露在镜头前。她的房间一片素白，除了一张床和一把椅子（都是白色），几乎什么都没有，连她本人无论以何种方式出镜，正装、休闲装、睡衣或裸身，也变得虚幻和空洞。这些照片让人不忍多看，我几次合上书本，又按捺不住重新打开。我想这一定是张宛的自拍。总之，我不太希望按下快门的另有其人，特别是男人。

别盯着这本看，你老婆回来啦。

我赶紧合上摄影集，瞥一眼门口，没看见周芹。

张宛的？以前聚会常来，记得吗？

唔……

真不敢相信，她这几年拍了那么多照片，有些照片还是冒风险拍的。我一直很困惑，她的勇气从哪里来？可惜，她很少谈及摄影的事。

哦。

最近她爸破产了，不知道对她会不会有影响。

哦？

前几天我把你的号码给了她。你说不定帮得上忙。她没找过你？

没有啊。

张宛该不会是为她爸联系我吧？我又抽出一本摄影集——《看鸭子》。假如老李的设计不是清一色裸背线装，或者，假如我抽书的顺序不是从左到右而是从右到左，我早就翻到这一本了。这本书里是各种各样的鸭子，白鸭、黑鸭、绿鸭、火鸭、水鸭、麻鸭、番鸭、绒鸭、栖鸭什么的，活的、死的、生的、熟的，应有尽有。很难想象张宛在拍渔民、矿工、民工、学生的时候，还会抽出时间去找鸭子。我又朝门口瞥了一眼，周芹没到门口，但一定是正在接近门口，我当即解开外套，松开皮带，拉出衬角，把摄影集塞了进去。

兄弟，这本送我。我恳求道，别跟我老婆说，她讨厌鸭子。

老李一惊一乍地愣是没缓过神来。这时恰有一阵车轮声传来，一个五大三粗的女人骑着一辆自行车直接冲进老李的店铺。我系好皮带，严阵以待。

好你个王八蛋老李，害我白跑那么多路，那些铺子都关门啦！

老李对我赔笑着说，是嫂子。

不知道这是什么时候的事，老李也从未在微信上晒过。新任李嫂后头跟进来周芹和朱小叨，我们差不多也该告辞了。

四

总而言之，把张宛的摄影集塞进衣服肯定是失策了。回宾馆的路上，我就不得不思忖应付的办法：如何不让周芹发现？被发现之后又如何补救？但比二者更为急迫的是，我得找个地方翻翻这本摄影集。现在的问题是，假如无法避开周芹，厕所就成了唯一的去处，而如需在厕所顺利待上一段时间，也只能拉稀了。下了出租车我就捂着肚子直奔宾馆房间。周芹对此早就习以为常。

毕竟那些鸭子与我素昧平生，翻了数十页之后我就翻不动了。我给张宛发去微信，告诉她我去过老李那儿了。张宛很快回了一个"嗯"字。

我：拿了一本摄影集，《看鸭子》。

张宛：哦。

我：你这些年拍了不少照片。

张宛：你不拍了？

我：孩子小，出不去。

张宛:你什么时候回去?

我:明天吧。

张宛:好。

不知道张宛的“好”是什么意思。我坐在马桶上,卷起摄影集捂在胸口。我记得那时新城还有一大片湿地,阡陌间是一排排木麻黄,再过去是海塘和滩涂,张宛的叠墅就在海塘的西南侧。一条河歪歪扭扭地穿过湿地,把百来米宽的大路缠缚了好几圈,河里游着一群群鸭子(现在看是麻鸭)。当年张宛从老城往新城,或从新城往老城,湿地是必经之路。也就是说,张宛驱车在百来米宽的大路上来来去去,见过的鸭子可比人多多了。只不过她走陆路,而鸭子走水路。

有一天,张宛问我夜里能不能陪她去个地方。那时我俩恋爱不久,我二话没说就答应了。

你怕狗吗?

不怕。

五条狗怕不怕?

什么?

拴着的,很凶。

不怕——你这是上哪儿去啊?

张宛去的是鸭棚。她显得有点兴奋,不知是因为我陪她去,还是即将实地观测鸭子生蛋——鸭子通常在子丑时辰间生蛋。显然,鸭蛋是鸭生的,不是鸡生的,也不是鸟生的,没什么可兴奋的。晚上十一点左右，我们来到鸭棚外。此时鸭主人已在隔壁入睡，次日一早还要起来收鸭蛋。路口的五条中华田园犬果然凶悍，其中公狗母狗各一条，狗崽三条，血气方刚，叫得更起劲。张宛把头埋入我的腋下，双手紧抱我的肋骨，右脚完全贴着我的左脚走，这让原想一溜而过的我好生为难。鉴于拴五条土狗的链子够长，它们完全可能一冲而上，我当时抱着张宛迎上前去，确实放任了身患狂犬病的风险。

我们终于安全抵达鸭棚。众所周知，鸭棚里很臭很脏，鸭子是随地大小便的，鸭主人不会为它们提供卫生间。为了方便我俩拍照，之前鸭主人把两盏节能灯换成白炽灯，使鸭棚里的木栅栏、稻草堆和泥地面都铺上一层暖色，充满田园诗意，假如当时我身患鼻炎，呼吸困难，感觉可能会更好。张宛支开三脚架，装上相机，我则坐在一旁修炼闭气功，很快也放弃了。鸭子在栅栏里远远地躲着，几乎对任何细微的声响都会陷入惊恐，采取的行动基本一致：伸长脖子，成群地拥向某个角落，接着成群地拥向另一个角落。如此周而复始，让我俩承受了极大的心理压力。一整个夜晚它们都不太睡觉，只是歇息一会儿，有的蹲着，有的单腿站着，鸭嘴插入翅膀，眼睛忽睁忽闭，仿佛依然在警惕我们。说到鸭子的眼睛，这里还可补充一笔，那真是惹人怜爱。清澈、温顺、善感，让人觉得它们就该是被呵护的。假如哪位女士对自己的眼睛不太满意而去整容，不妨试试装一双鸭子眼看看。

既然我们在鸭子眼里俨然是入侵者，随意说笑就更不得体了。耳语了几句后，张宛就把眼睛探向取景框。我坐在张宛身后，梳理着她的一头长发，时而扎一下麻花辫，时而松开，捋平。过了一阵子，几只鸭子嘎嘎嘎地闹腾起来。张宛挺了挺身子，瞪大眼睛，一只手托着云台，一只手转动手柄。我也警觉起来，鸭子果然生蛋了。我原以为鸭子生蛋会是一幅温馨的画面，鸭子那么一蹲，扑通一声，鸭蛋落到稻草上，接着鸭妈妈坐上去为它取暖。事实上，事情远没有那么简单。看起来，鸭子生蛋像便秘一样难受。鸭子伸长脖子，张大嘴巴，全身肌肉都紧绷着，屁股一紧一松，一紧一松，这样使了很大一把劲，鸭蛋还未生下来，难产几率极高。于是，鸭子又需调整站位。假如这一鸭子恰好占据有利位置，那么，其他鸭子就会上前推推搡搡，甚至发生争执。假如鸭子会说话，对话大致如下：

走开，别占着茅坑不屙屎。

你才屙屎呢，是我的蛋卡住啦！

我沉浸在鸭子生蛋的艰险刺激中，不禁贴着张宛的耳朵为鸭子配音。张宛扑哧一笑，靠在我胸前。她打开显示屏，让我看方才拍下的照片。观测鸭子生蛋容易，但直击鸭子下蛋的瞬间则颇为艰难。张宛在一个多小时里，仅记录了五只鸭子下蛋的瞬间。她大有逆流而上的气势，又把眼睛盯在取景框上。我搭着张宛的肩膀，也探头仔细观察，及时提醒哪只鸭子即将下蛋。那只，看那只。我对张宛耳语着。两个并拢在一起的头跟随鸭子的屁股同频转动,那场景也真够感人的。

我们这样盯着人家的私密部位看不太合适吧?

张宛推了推我。由于毫无防备,我一个趔趄蹲坐在地上,把横梁上的三只老母鸡吓了一跳。在此之前,我从未注意到老母鸡的存在,也不知道它们蹲在上面做什么。它们扑棱了两下翅膀,引起鸭棚内一阵骚乱。尽管母鸡和鸭子性别一致,均属雌性,但我仍觉得这一场景极像几个男人误闯入女生宿舍。就在这时,两盏白炽灯熄灭了。鸭棚里倏忽漆黑一片,只剩下鸭棚外的一盏节能灯,透出一轮微弱的、惨淡的、寒冷的白晕。

怎么办呢?

我们接吻吧!

我可不想在天亮之前再面对那五条中华田园犬。我把张宛拥入怀中,一口咬过去,过了一小会儿,张宛却把我推开了。在此期间,她可能从未闭上眼睛。即使她的双眼中有一只被我的脸完全挡住,但毕竟还剩下一只,可以观察鸭棚内线路的布局。门口有个开关,会不会是开关的问题?张宛说。我只好去试了试,没成功。张宛接着说,开关一定在鸭主人宿舍的附近,不然她怎么开灯呢?我依然照办。我跨过栅栏,蹑手蹑脚地穿过惊恐的鸭子们,朝鸭主人宿舍的门走去,走到节能灯附近。夜色清朗,海风徐徐,呼吸也变得轻松了许多。鸭主人粗重的呼噜声从宿舍里传来。除了节能灯开关,我再没发现其他开关。我回来的时候对张宛说这下没辙了，离天亮还有两个多小时，我们还是安心接吻吧。现在想来，那确实是我经历的最长的一次吻了。空气中飘散着鸭屎的味道，不知道有没有鸭屎碎末飘到张宛的额头、脸颊或脖子上，即使有也被我卷进舌头了，或许又还给了张宛。鸭子生完蛋，安静下来，要么歇息，要么盯着我们看。假如某只鸭子盯得极为专注，那一定是带有报复性的。但这回张宛一直闭着眼睛，对此毫无戒备。

天蒙蒙亮时，鸭主人起来收鸭蛋了。她大概在门口站了很久，这样既不会打扰我们，又可以及时被我们发现。看到鸭主人的时候，张宛一把推开我，从摄影包里掏出徕卡 M7 相机。鸭主人走进鸭棚，不再正眼瞧我们，而是摸了几下与横梁相接的一根梁柱，问我俩现在是否方便开灯。开啊，开啊，是它自己关掉的，自己关的。我连忙澄清。白炽灯插上插头又亮了，鸭主人蹲下来，开始收鸭蛋。张宛越过栅栏，蹲在鸭主人正前、侧前、侧后方拍照。二者说着什么，说说笑笑，看起来很熟络，不过我听不太清楚。那时我昏昏欲睡，即使眼睛半睁半合，都已经是付出了极大的努力。

五

天亮之后我把张宛送回家，一直送进二楼她的闺房。我俩一起躺到床上，拖着疲惫之躯做了一次。整个过程大概十分短促，至今印象很模糊。我只记得完事后，我睡不着了。尽管我到张宛家中数次，但进入闺房尚属首次。张宛很快睡着了，我望着对面墙壁上密密麻麻的一张张黑白照片，感到有些惶恐。那些照片呈中点扩散，已占据半面墙壁，边缘围着十来张和鸭子有关的照片。张宛与我之前认识的异性朋友大不相同，至少在耐臭耐脏上相距甚远。当然，我承认那时还不太了解她，也不清楚她为什么那么喜欢拍照，对于她正在拍什么也知之甚少。相比之下，我在老李那儿学摄影主要是方便结识女性，参加聚会是因为无聊，和张宛在一起看摄影集则是为了接近她。真不清楚我和张宛的男女关系再发展下去，她会牵引我到什么地方。

日后我俩又去了几趟鸭棚，我也带上照相机。自从目睹鸭子生蛋后，张宛拍照的视角也发生了改变，她有时撅着屁股匍匐在地，仿佛是以鸭子的眼光看鸭主人。我们拍过鸭主人喂鸭子、抱鸭子、赶鸭子的情形，还一起和鸭主人吃过一顿老鸭煲，不过我俩只是喝了点汤。我们拍过五条中华田园犬的狂吠，也拍过它们一家子的亲密无间。我们还曾迎着晨光爬上鸭棚拍刚下河的鸭子，有一回恰巧遇到一群白鹭从河面掠过，这一瞬间被定格在照片上。我是彩色冲印的，白鹭和鸭子在晨光中一派安宁。张宛的则是黑白的，广角镜头让二者变成两团灰，透出一股肃杀之气。直到鸭主人搬离湿地我们也未停止拍摄。鸭主人搬离在预料之中,那时湿地西边的稻田已被征用,一片荒芜,只有几处被村民盗种了蔬菜。搬离那天我和张宛也去了,鸭主人抽泣不止,几个民工在拆鸭棚,几个保安站在一旁抽烟,其间我也递了几根。搬离之后,张宛又拉着我去鸭棚,那时鸭主人和鸭子不见了,拆卸下来的梁柱和木板犹在,鸭屎遍地,还有几坨狗屎,但我已经没有拍照片的兴致了。

我就是在那阵子搬进张宛家的。成为张宛家的一份子后,我发现整个房子和张宛的照片一样,差不多都是黑白的,除了客厅里的原木大书柜,二楼卧房的地板、窗帘和被单都呈冷灰色调。我还注意到,张宛的衣服也只在黑灰白中转换,假如不打开电视(在二楼的视听房),几乎见不到彩色。我实在难以适应墙上密集的黑白,于是特意冲洗了一些自己的彩色照,填补在黑白照片的间隙中。我所做出的最大改变,是买了数盆绿植,包括琴叶榕、花叶络石、仙人掌、虎皮兰、绿萝等,好让房间显出几分生气。几年以后,我和周芹入住新房,买的也是以上几种绿植,可见我对这一布置相当满意。张宛见到房子的变化时仅报以淡淡一笑。你来打理吗?她问。我确实打理了一段时间,直到离开张宛的房子。

现在想来,那时我们算是度过了一段美好时光。我们在一起有许多安静的时刻,这主要是因为张宛的话不多。张宛每天清晨仅用粉底液一种化妆品,上下班从不准时,也不在意，下班后则是钻研摄影。在我们同居之后，谈论摄影的时间少了，只是一起看过几部摄影纪录片。记得有一天晚上，我下载了一部韩国情色片，连同纪录片一并拖入电脑播放器列表。看完纪录片后，情色片自动弹出来，张宛竟陪我看完了。我俩依偎在沙发上，从头至尾未发一言。那天夜里，我央求张宛像情色片女主角一样大声叫出来。那是我即将抵达高潮的时刻。可是张宛没有，她闭着眼睛，咬着嘴唇，紧锁眉头，看不出是在享受，还是在忍受。

除此之外，我俩还闹过一次不愉快，张宛反对我带她去见我的爸爸妈妈。我原想借此把我俩的婚事定下来。张宛说她还没有做好成为一个人的妻子的准备，更没有做好成为一个人的妈妈的准备。但我觉得她只是没准备好见我的爸爸妈妈，或者在见了我的爸爸妈妈后，如何去见她的爸爸和那位年轻的后妈。我甚至打算和她一起去祭拜她的妈妈，对此张宛依然反对。尽管如此，当时我还是觉得和张宛结婚是迟早的事情。我陆续从老家带来了一些物品，包括七八本日记本。我不太清楚和张宛分享这些日记是不是一个错误。显然，张宛在和我一起翻阅日记的时候是愉快的，我的童年和少年、天真和龌龊在她面前袒露无遗。比如，对一位香港女明星多年的爱慕、诸多不成熟的政治言论、几段暗恋史（次数难以界定）和大学时期一段失败的感情以及关于张宛的，不可否认，这一部分内容有刻意之嫌。那几个夜晚我俩说说笑笑，她还极为难得地揶揄了我好几回。从小学一年级当班长开始，我就认为自己长大了会成为名人，在小学四年级拿了全乡作文比赛一等奖后，对此更毋庸置疑，此后就格外注意言行，即使高中学业最繁重的三年也几乎未落下一天日记，但大学后就少了，现在根本不记。

我和周芹结婚后，从未动过记日记的念头。这不是说我和周芹之间缺乏感情。我俩虽认识不久就结婚，但结婚之后不乏激情之举，其间从未出过大的波澜，自从有了朱小叨后，感情更趋于稳定。坦率地说，这两年我确实动过出轨的念头，但也仅仅是念头而已，从没有证据显示，我采取了行动。周芹对我大致是放心的，即使她多次查阅我的微信聊天记录，以及探寻朋友圈与我有互动的某位女性和我的渊源，但我更愿意相信，这是出于女性的本能，而非对我的怀疑。

在卫生间里，我听到周芹和朱小叨推门而入的声响，接着听到二人在床上床下闹腾的声响。我原本可以参与其中，但现在只能坐在马桶上。我决定冲个澡，把摄影集包裹在换洗的衣服内，以便顺利装入旅行包。明天就要回家了，回家之后，我将不可避免地面对张宛，和她展开一段时隔多年的交谈。不知道为什么，我对此充满期待。

周芹敲了敲门。

还在闹肚子？

差不多了。

肚子还痛吗?

一阵一阵,好多了。

带了午时茶,要不要给你冲一袋?

好的,谢谢老婆。

门怎么反锁了? 小叨急着尿尿,能起来一下吗?

好,稍等,我刚想冲个澡。

我以最快的速度脱光自己,把摄影集夹在衣裤间。开门之际,朱小叨一冲而入,我捂着肚子站在衣裤上,对周芹一声苦笑。

反锁了干吗? 周芹又问道。

这不正想冲澡嘛。我说。

你从出租车跑出来到现在,已经四十一分钟了。

有这么长?

之前你拉得最长的一次,也没到二十分钟。

六

我怎么从未听你提起过张摄影师?

谁?

张摄影师。

哦,是吗?

你们是什么时候的事?

嗯？

我记得你说过大学谈过一次，工作后一次。那张摄影师又是哪一次呢？

谎言终究会有被戳穿的一天，对此周芹究竟有多少在意不得而知。这还是我和周芹刚认识时的一次坦白。当时我绝非有意隐瞒，而是正打算尽快忘记张宛。我把和张宛在一起的时间挪给了接踵而至的另一段感情。那是在张宛离开后不久发生的，我通过相亲认识了一个在乡镇上班的女人。我们很快打得火热，也见过了彼此的父母。是在我把她介绍给朋友们认识的时候出娄子的。也许是喝了酒的原因，当时聚餐尚未结束，一个朋友硬是把我拖进男厕所，历数了那个女人的种种劣迹。其实也谈不上是什么劣迹，只是男女纠葛较多而已，但我还是果断选择分手，毕竟乡镇来回也不太方便，有了孩子就更不方便。没过多久，我就和周芹在一起了。

此时我和周芹坐在南下的动车上，还有将近两个小时抵达终点。周芹向来明察秋毫，见微知著，即便在叠内衣内裤、清理卫生死角、腾挪储物空间、擦洗外玻璃窗等方面都有一套独到心得，我们家在周芹的打理下可谓窗明几净，因此，多年来我养成一个习惯，不到万不得已，绝不对周芹撒谎。近两个小时足以阐明当年省略与张宛一段感情的缘由，问题在于，周芹愿意听吗？

周芹：我想你不要去见她。也没有必要去见。

我:哦,昨天老李说了,张宛找我,是因为她爸破产了。

周芹:她爸破产找你干什么?

我:惠来不是金融办副主任嘛。

周芹:那你带她爸去见惠来就是了啊。

我:你说得是,我会转告她。

周芹搂着孩子,抬眼望向窗外,默不作声。据我对周芹的了解,她显然还有话要说。周芹至少还想问我,如何保证不背着她见张宛以及我为什么不再拍照。事实上,当初我不是没有给周芹拍过照,但她一直心存抵触。比如,她不能接受我拍下她便秘的样子,不能接受她拿指头戳我时我依然举着相机,甚至在她穿上睡衣后也不能拍照,因为那样显胖,而且她也卸妆了。有了孩子后,我几次拍她肚子上的妊娠纹,她终于忍无可忍,差点没把我的照相机给摔了。你就这样喜欢看你老婆的丑态?她可谓伤心欲绝。次日一早,我就托朋友卖了照相机,换回德国进口的奶粉二十六罐,她才转怒为喜。但现在周芹应该明白,我卖掉照相机是另有其因。

孩子睡着了,双脚搭在我的大腿上,头靠在周芹怀里,让我和周芹二人均动弹不得。动车驶入隧道,窗外一片黑暗又复归光明。我拨了一个电话给惠来,结果惠来告诉我张宛爸爸早已破产,连法院程序都走完了。既然如此,张宛的"到时联系"到底是什么意思呢?

看来她爸都不用见了。周芹冷笑着说。

我点了点头说，这两年破产的企业太多了，乐冠也破产了，你知道吗？

张宛离开之后，她爸爸找过我几次，大概三次。在此之前，我们仅有一面之缘。张宛爸爸那年五十多岁吧，个子不高，人很白净，目光如炬。说实话，在办公室第一次见到他，我有些怵他。他礼貌地支开我的同事，关上门，简短地做了一番自我介绍，便径直谈起他对我的了解。他调查过我，主要对象可能是我的领导，其中部分过誉之词我不敢苟同。然后，他让我安排他和我的父母见个面，早点把我和张宛的婚事定下来。我吓了一跳。在此期间，我都没机会插嘴。我都不好意思说我和张宛分手了。张宛爸爸走后，我打了个电话给张宛，我觉得还是由她亲自向她爸爸解释为好。这时我才知道，我联系不上张宛了。我都没来得及把搁在办公室里的徕卡 M7 相机还给她。

几天之后，张宛爸爸又来找我，问我家长见面的日子定下了没有。看起来他很期待这次见面。看我支支吾吾的样子，他认定我和张宛吵架了，好像和张宛吵架很正常似的。张宛爸爸坐在我对面，告诉我张宛有很多缺点，这当然主要归责于他，他希望在今后的生活中我能多多包容她。他说张宛脾气很倔，不懂礼貌，不善言辞，出了事只会埋在心底。我可以感觉得到，他在努力回忆与张宛相处的细节，但又力不从心，只能笼统地讲一点印象，显然他们父女二人相处得不太愉快，而且极易起冲突。之后，他谈到了经营一家企业的困难，以及他和这座城市诸多政要的交集。他讲得很诚恳，也很委婉，理解其中的意味需要费点脑力。讲到最后，他又说男女朋友吵架是正常的，他和张宛妈妈也经常吵架，多哄哄就是了。我不太确定他指的是张宛的亲妈还是后妈，从表情来看，后妈的可能性更大。

张宛爸爸离开后，我又尝试联系张宛。我去了张宛的家，在门口守了一夜，坐在地上睡了一觉，次日一早又去了浴场，在大厅一直等到上班时间。之后，我还在张宛单位的楼下等了一会儿，想想不太合适才走开的。我大概产生了挽回张宛的冲动，一无所获后，又下定决心与她划清界限。因此，在张宛爸爸第三次来找我的时候，我就不太客气了。对此张宛爸爸没有感到意外，好像他就是来听我宣布答案的。离开的时候他拍了拍我的肩膀，低着头走出了办公室，之后我们再未见过。那时我想，我们之间没有互留联系方式是有原因的。

从动车下来，我独自拎起全部行李，一回到家，就主动承担了洗衣服的重任。周芹对此大致满意，但又不太放心，没过多久就到阳台上监督我。周芹伫立一侧，既不离开，又没帮忙的意思。我把手机搁在窗台上，撸起袖子，老老实实地把上衣、裤子、袜子等一件件分类洗干净。衬衣，不是直接拧干而是双手多次甩干，挂上衣架后，还扣上全部的扣子；袜子，也是一只只拧干了再一只只夹；内裤，则是平整地挂在衣架的两端。张宛的微信就是在我挂内裤时发来的。我和周芹二人几乎同时瞄向搁在窗台的手机，又彼此使了个眼色，我是防御性的，而周芹则是攻击性的。对于一对常年生活在一起的夫妻来说，有时真可谓是心有灵犀。

你手机响啦。周芹试探。

一定是垃圾短信。我断然拒绝。

即使如此，我还是立即擦干双手，转身之际，发现周芹正赶在我之前抓起手机。这一点办法都没有，毕竟周芹只需一次鱼跃，而我则需付诸更多的行动，才能如愿拿到手机。

我看看，是微信。哟，是张摄影师的微信。

有那么一瞬间的空当，我希望这只是周芹一个不怀好意的玩笑。希望马上落空，于是接下去的几分钟内，成了周芹一人的独角戏。在此期间，我除了侧耳倾听，就是提起脸盆里另外两条自己的内裤，加大力气拧出最后一滴水，然后横挂在衣架上。

周芹：她说她到了。你说我怎么回好？

周芹：要不就请张摄影师屈尊到我们家坐一坐？

周芹：呃，她说好。你说这下我该怎么回呢？

周芹：是不是还得请她吃顿饭，让我亲自给你俩烧几个菜啊？

周芹：呃，她说不用麻烦。你说我是不是再客气两句？

周芹：她说明天下午。直爽。你没问题吧？

周芹:那就这么定,明天下午两点。

周芹把手机还给我，很难分辨她脸上的表情是挖苦,是愤怒,还是委屈,大概三者皆有吧。

如果你们一定要见,没有比这更合适的方式。你该谢谢我的仁慈。她总结道。

我接过手机说,也不知道她找我有什么事。

七

一大早我就出了家门。我把手机留在家里,以免周芹多虑。昨夜我几乎没睡,周芹躺在身边,使我既不能辗转反侧,又需时刻保持均匀粗重的呼吸。在此之前,我都表现出一副若无其事的样子,直到确定周芹已经睡熟,我才从床头柜上拿起手机,翻看周芹和张宛的聊天记录。二人的对话不带任何感情色彩，从中揣测张宛答应来我家做客的缘由纯属徒劳,而由此定下二人见面的基调又非我所愿。我有晨跑的习惯,多在楼下公园,这一回我在公园里跑了两圈后,又绕了条道朝海塘跑去。我的家和张宛的叠墅小区相隔不远。我跑到叠墅小区门口,慢慢地晃了进去。除了外墙之外,我对小区里的一切均感陌生,连如何拐入张宛的房子都拿捏不定。一个晨间遛狗的女人好像在暗中监视我,她牵着的那条皮毛光亮的黑毛大狗显得颇为绅士,不知道为什么,看到大狗,我就断定她是个独守空房的女人。我转了几条道，仍觉没有摆脱女人的视线，索性从小区的后门走了出去。

穿过一丛灌木，我来到了海塘。我记起来，当年站在张宛房间的窗口前，可以看见海塘和滩涂。现在从海塘望向小区，是否也可见张宛的房间？张宛是否正睡在房间的床上？究竟哪一处是张宛的房间？哪一扇紧闭的窗口曾经探出过我的头？我坐上堤坝，与多年前相仿，这一处滩涂尤其凌乱，退潮之后，被海水推搡而来的泡沫、塑料、尼龙等垃圾都留在滩涂上，到处都是。回想当年我一只手牵着张宛，一只手拎着三脚架，一路泥泞地穿行在垃圾滩涂，真是恍若隔世。

走到这里差不多了吧？

不，我们得把下身沉到水里去。

过了芦苇丛垃圾就少啦。你看，漂在水面的可不多。

张宛看了看远方，又看了看我。

我先陷到前边的泥沟里，你看看能不能拍。

那时我俩简直是疯了。即使在看鸭子生蛋的时候，我都没觉着张宛是个疯婆子。此事源头大致如下：一天下午，张宛立在窗前，毫无征兆地对我脱下了衣服。我靠在床上，看着她把深灰的外套脱下来，把黑色的打底衫脱下来，把浅灰的吊带脱下来，我原以为她多少会留点什么在身上，结果她不假思索地把乳白的胸罩也一并脱下了。她从脖颈后拨了两绺长发，裹在两片乳房前，毫无羞涩感，好像那不是她的身体，或只是女衣店里的假人道具。

朱盾,你看看,这样会走光吗?

你想干吗?

你说会不会走光?

要我说,肯定是走得太多了啊。

你正经点。你快把衣服也脱了。我们会拍出一组很震撼的照片。

我当时的感觉是,张宛虽是对我说话,但眼前所见一定不是我,而是一个或多个不存在的影像。张宛的打算是,和我一起到本城诸多臭水河中拍照,视其深浅裸露上身或露个头。我疑心她之所以搭上我,是因为我水性好,而她只会狗刨式,随时有呛水或往水里钻的危险。从这一点看,我拒绝就是不义之举。我也只好把衣服脱下来,感觉腹部赘肉太多,因此提出了一个条件,让我先花点时间健个身,多少练出点胸肌和腹肌,以挽回一点男性的尊严。张宛同意了。话说回来,那时还是烟花三月,房间里还开着空调呢,谁受得了光着身子进水啊。

健身一事很快搁浅,我俩倒是去过几趟游泳馆,练习水中直立,张宛每回都得我扶着,这正体现了我的价值。除此之外,我俩常常出没的是本城的河流和滩涂,常常讨论的是如何取“景”,以及如何进场拍摄。不久之后,我与张宛将裸身处于河流中间,被各色垃圾包围。从构图来看,照相机在我俩正前方以广角镜头切入为宜，这就涉及在水面如何安放照相机的问题。我联系了一个老船舶木匠，央求他做一只简易木船模型，宽六十厘米、长一米二（恰好可装进车后备厢），船头装上一支三脚架，船身两侧各钻一孔，拴上绳子，另一端系上船锚，使用时钩在河流两岸，以免木船在水中晃荡。此其一。其二，购买防水遥控器。遥控器交由张宛控制，我俩以何种表情、何种动作入镜，均由张宛调度。其三，购置泳裤和保鲜膜。保鲜膜需牢牢缠缚下半身，以防止患上皮肤病。据说本城禁划龙舟，防止皮肤病即是理由之一。其四，购买防水服。其五，购买乳贴和糨糊。这是我的主意，如此方可避免张宛在被人发现时因手忙脚乱而走光。其使用方法为，先贴上乳贴，再用糨糊将长发粘在乳贴上。为什么这么复杂？因为假如仅有乳贴遮挡，张宛长发飘扬之时，仍会使一些男人特别是近视眼男人想入非非。另外，用糨糊而不用胶水，是因为糨糊在热水中更易于溶解。凡此种种准备就绪，方可进入拍摄环节。我俩商定，天蒙蒙亮时进场拍摄为宜，进场之后，先由我下水将木船拖到事先确定的地点，再游到对岸和张宛一起拴上船锚。待张宛下水，我俩便以最快速度脱下防水服，扔进木船，游向（或走向）拍照位置。拍完之后，迅速穿回防水服，收拾木船，离开现场，一刻不留。

那时我们还在某山脚的小溪里演练了一回，当日溪流湍急，而遥控拍下的照片，仍与手持无异。至于脱衣演练，则在室内完成，当日从脱衣到拍摄再到穿衣的时间间隔，未满五分钟，时间把控得可谓相当美妙。那也是我和张宛裸身相向的第一张照片。我俩头靠着头看着显示屏里的照片，能感知到彼此心脏怦怦地跳动。是的，我记得很清楚，事后我和张宛做了一次。那一次张宛出人意料地叫出了声。她微闭的眼睛如此虚幻，使我很难确定那是性爱的高潮，还是执着于某一景象的高潮。

此时我坐在堤坝上，望着前方的滩涂，仿佛望着和张宛一起陷进淤泥的样子。那时，东倒西歪的芦苇丛堆积着各色垃圾，我们差不多被掩埋在垃圾里。太阳从海的那边升起，让照片带上一层金属的质感。正值涨潮时分，渔民稀稀落落，相隔遥远，拍完照片后，我俩都不想立即穿回防水服，等着海水漫过脚趾，漫上膝盖。海水愈来愈近，眼前的景象愈来愈苍茫。那天我们如愿拍下了很多照片，对视的、背立的、凝视前方的，连吻照也拍了，之前我们从未如此打算过。我们很快把照片冲洗了出来，贴在张宛的房间里。

从海塘回到小区，我又见到了遛狗的女人。这回她径直朝我走来。

朱先生，你不认得我了吗？

哦，你是？

朱先生真不认得我啦……我是周芹的同学啊，上次的事多亏有你帮忙，都没好好谢谢你。

我仍没印象，这似乎让她有点失望，可是她没有走开的意思。

你是在找林先生的家吧？我知道。遛狗的女人神秘地说。

不，不，我连忙澄清，我是来找亲戚的。

亲戚？什么亲戚？朱局长也有亲戚和我同个小区？是哪幢的？遛狗的女人露出惊喜之色。

我不知道怎么回答。我张望了一下，那个既熟悉又陌生的身影依然没有出现。

一时想不起来是哪幢了。下次再来吧。再见。

我走得有点仓皇。可想而知，遛狗的女人还在背后看着我，甚至可能为没有撞破一桩奸情而感到遗憾。

八

不知道那些照片是不是还挂在张宛的房间里？

我的直觉是，张宛已经毁弃照片，这又不免让人惋惜。那时我们一起拍过七八组吧，七组是肯定的，至于第八组算不算我不确定。在这期间，我们几乎每天一下班就出去找河流，包括木船如何固定、人站（浮）哪里、取什么景等，都需一一周密谋划。除此之外，我们每天晚上都会对着墙上的照片发呆或痴笑，我们还一起记日记，把与照片相关的重要时刻记下来。张宛怎么想的我不知道，我是这么想的，假如有朝一日接受电视台专访，就亮出日记给大家瞅瞅，我们究竟付出了多大的努力，才换得今日。没有人能随随便便成功。

但是，在多数情况下，我和张宛之间是有分歧的。比如，我倾向从人烟稀少的田间河流入手，但张宛不以为然。我以为应视天气状况确定是否拍照，但张宛多次在阴雨绵绵中把我从睡梦中唤醒。我以为张宛在生理期时不宜下水，但张宛对此毫不在意。我以为一旦响起脚步声或车轮声，应立即中止拍摄，静观其变，但张宛依然我行我素——到底是谁需要保护裸露的身体？是她还是我？在这一点上，张宛显然是太疏忽大意了。每次拍摄完成，我都是急着冲向木船，将防水服递给她，甚至直接帮她穿上。有一次，我已将防水服套在她肩上，她看罢拍下的照片，皱了皱眉。

这张要重拍。

我凑过去一看，认为尚可。

张宛却径自掀开防水服，回到原位，又丈量着后退了两步。我坚持了几秒钟，也只好跟了上去，还顺带捋了几条尼龙袋和几个泡沫盒浮于胸前。

我们当时所处的河又浅又窄，也就三米宽吧，两岸是旧房，房子底下有几条直通河的管道，如若凑巧，没准会有屎尿喷出来。

一旦二人脚板无法直抵河床，拍摄难度就会陡然增加。如上所述，张宛水性不佳，即使之后随身配置了一个塑料壶，加之有我手臂搀扶，仍无法阻止她前俯后仰，摇摇晃晃，也因此没少呛几口水，此情此景我看在眼里，疼在心里，又爱莫能助。此时我俩仅有脸露出水面，和大大小小的垃圾掺和在一起，乍一看还真分不清哪个是人头，哪个是垃圾。人头一动，就像是两只浮水的鸭子，公鸭是我，母鸭是张宛。

我们确实曾被人视为鸭子。当时天色昏暗，我和张宛脱下防水服，游至垃圾堆中，岸上忽有一阵歌声传来，歌声里还透着浓重的酒气。我俩借着几个塑料瓶子掩护，蜷伏在水中，然而歌声在离头顶不远的桥上停了下来，接着是投石下河的声响。那是一群比我俩还年轻几岁的青年，很难理解他们将石子投向脏兮兮的河水有何乐趣可言，何况还可能砸中我俩无辜的脑袋。我在塑料瓶后不敢动荡，倍感屈辱，这又让我的脑袋越发往水中退缩，河水漫过鼻子，只待呼吸时才稍稍抬一下头。桥上的青年先是砸中了木船，接着又砸中了照相机。这就出问题了，张宛突然从塑料瓶后扑出来，鱼跃加狗刨地游向木船，护住照相机。张宛如此冲动，我当场就蒙了，至于之后是她的斥责声在先，还是那群青年惊悚的尖叫声在先，无法确定。那群青年很快从营救落水者的慌乱中回过神来，可想而知他们看到一对赤条条的男女会作何联想。在如此脏兮兮的河水里行那般勾当，不是变态是什么呢？

我刚才看到那里动了几下，还以为是鸭子！

张宛倚着木船检查照相机，将一整个香背（其实是臭的）

奉献给桥上的歌者。我只好从塑料瓶后游出来，将防水服裹在她身上，侧身大叫：

别误会，我们是搞艺术的。

值得庆幸的是，我们遇到的不算是二流子，大概是一群上班不久的单身青年，无所事事，精力旺盛，荷尔蒙分泌严重失调，这一点我曾深有体会。他们在我们（主要是张宛）的斥责声中离开了，只是激荡的笑声久久不散。他们离开之后，张宛执意完成拍摄，我当时很想发作，选择屈从完全是为了减少她裸身的时间。

当日中午，我就在本地一个热门论坛看到了帖子。也不知那群青年何时拍下了我和张宛，多亏当年手机像素不高，当日天色昏暗，当时拍摄者手又在发抖，观者只能借助标题才能确定，照片中系一裸身长发女子和一男子——至于男子性别都有赖推断而非照片本身。在上传的三张照片中，由于站位不错，我从未将一整个脑袋完全暴露，最多的一张，也仅露出三分之二而已，其余部分则被张宛的身体挡住。如若我今日不说，无人知晓照片中的二人便是我和张宛，在之后的几次饭局中，几位朋友还当着我的面将此引为谈资，我和众人说说笑笑，肆意挖苦，没有感到不适。

自此以后，我和张宛一度搁浅拍摄，这让我感到十分轻松。我觉得这一计划应该适可而止了。有那么一段时间，张宛也没提起拍摄的事情。她只是把我俩选定的照片冲洗出来，共七张,大小为二十四寸巨幅,以卡纸和实木镜框装裱,显得既厚重又富有张力。说真的,我从未见过如此震撼的一组照片。我们的照片替代了卢广的照片,挂在客厅最醒目的位置。张宛兀立在照片前,两眼放光。

张宛:如果有一天我们能办这样一个展,该多好。

我:你还想公然暴露身体啊?

张宛:你说到哪里去了。

我:千万别在我们这儿办展,会出人命的。

张宛:这小地方有什么好办的,给谁看?

我:色鬼看……色鬼看看也就罢了,我绝不能容忍我的兄弟们对你指指画画。

张宛:明天我们再出去拍吧?

我:你还没拍够吗?

这是我第一次违背张宛的意愿。之后我们的对话也不太友好。我一口气说出了多个不再拍摄的理由,而张宛的反击则更有力度,一番舌战后我们都累了,躺到床上一夜无话,未料次日一早张宛就把我推醒了。那时她已经准备停当。

朱盾,起来吧,我在开发区发现了一条红河。

张宛目光寒冷,没有央求,却有几分决绝。我又一次选择屈从,不过在马桶上拖延了一会儿,揣测假如我一直赖在床(或马桶)上,张宛该如何收场。从卫生间出来,张宛已经不见了,连那艘本来由我搬进搬出的木船也不在了。我怀着一种奔赴刑场的凄凉感，缠好保鲜膜，穿上防水服，慢腾腾地走出房子。

张宛正在车上等我。

我朝她挥了挥手说，我闹肚子了。

她掏着扶手箱说，我带了止泻胶囊。

在工业园区林立的厂房下，红河如生锈的金属般死寂。我和张宛没入水中，闷闷不乐，一声不吭，这样的后果是，张宛始终没有拍到满意的照片。起初，她认为我的站位不对，侧身幅度偏大，后来又说我的情绪不够饱满，萎靡有余而冷峻不足。很难说清楚我当时是不是故意的。我似乎真带着那么点恶意：看你被人发现了怎么办？还不得扑进我的胸膛寻求我的庇护？

我们真的被人发现了。确切地说，是我们先发现了他，之后他发现了我们。来人是慢跑过来的，身材发福，步态敦实，头上下颠簸得厉害，显然是跑过了很长的一段路。张宛咕哝着说，是我爸，后边是他的厂房。我说，没想到会这样和你爸见面，你能潜水吗？张宛说，别管他。我说，那我潜水。当然，我也没潜水（以防中毒），我只是屏住呼吸，眼巴巴看着张宛的爸爸一步步靠近，看着他为取悦一个年轻的妻子付出的代价。在三人目光汇合之际，他猛地停住脚步，发出一声惨叫。他跳入河中，朝我和张宛扑了过来。尽管我一直盯着他，但他朝我挥拳时还是有点猝不及防。张宛的爸爸下手很重，一拳就打得我门牙松动，我踉跄了两步，差点栽进水里。接着，他又想踹我，抬脚之时失去平衡，双手拍了好几下水面，栽进了水里。在这一过程中，张宛始终无动于衷。我的感觉是，即使是女儿，成年之后也不宜对爸爸裸露身体啊。可是张宛既没有护住胸口，也没有对我施以援手，更没瞧一眼栽进水中的爸爸，想必我还手她也无所谓。这一点让我害怕。

张宛的爸爸重新立稳后，父女二人对峙了一会儿，大概争吵了几句，然后他就上岸了。他走得很快，像是落荒而逃。

张宛对我说，继续拍。

我穿上防水服说，我再也不会陪你疯下去了。

九

离张宛来我家还有将近五个小时，三百分钟，一万八千秒，相当于数一万八千下。回到家后我就坐到沙发上，一边转换电视频道，一边默数数字，很快就乱了。当时周芹一反常态，既没有打扫房子，也没有陪朱小叨，而是靠在沙发椅上翻一本家政学的书。朱小叨在房间里玩仓鼠，一听到电视机声响就跑出来抢遥控器，我们父子二人互不相让，争吵旋即上升为武斗。周芹对此视而不见，我疑心她正在思考和张宛未来的对话。既然缺少观众，父子二人又达成一致，关掉电视，一起玩游戏。我和朱小叨玩了好几个游戏，木头人、飞行棋、捉迷藏等，还充当怪兽多次被他击毙。后来，我又让他数数，从一数到一百，假如中间不出差错，他将得到一盒冰激凌。

如果数对一百次，就能得到一百盒冰激凌。

耶！

我从未对朱小叨保持如此绵长的耐心。不过，那时确实只需差不多数一万下，张宛就会来了。但朱小叨低估了难度，连续十几次都没能挑战成功，一到吃饭时间就开始耍赖，对此周芹还是冷眼旁观。这一做法显然有失理智，让张宛看到一个和谐幸福的家庭生活实况，才是周芹该有的初衷啊。午饭过后，我问周芹是否收拾一下客厅，准备一点水果，周芹依旧爱搭不理。我不得不自行决定，叫了两份水果外卖，以尽待客之道。骑手送达的时候，周芹说，这回很讲究嘛，接着去卫生间梳妆打扮了。说真的，当时无论是周芹还是张宛，都让我感到无比煎熬。

张宛是直接按下我家门铃的，比约定时间早了十来分钟。她穿得很随意，一件纯白文化衫加一条天蓝牛仔裤，看不出是否化了妆，胸前挂着徕卡 M10 相机，手上拎着一个橙黄色大纸袋，一看便知是玩具。张宛朝我微微一笑，她或许已经看到坐在大沙发上的周芹，但目光依旧在寻找什么。朱小叨从房间里蹿出来，手中多了一根金箍棒。

你孩子叫什么？

小叨，朱小叨，唠叨的叨。

小叨，认得阿姨吗？看阿姨送给你的小礼物。

一看到张宛，朱小叨又认生起来，怯怯地躲在我身后。一边是张宛倾着身子递袋子，一边是朱小叨推着我的屁股够袋子，这使我和张宛之间的距离一下子缩短了。我连忙替朱小叨接过袋子。这时，周芹终于以一个女主人应有的端庄仪态起身了。

张老师来了啊，还让张老师破费，这怎么好意思？快请坐。朱盾，去泡茶。

张宛可能对老师的称谓不太适应，朝周芹看了看，又把目光落在朱小叨身上。我能参观参观你们家吗？她问得很小心，不知道是在问谁，也没征得谁的同意，就径自移步打量了。我的家不算宽敞，装修也很简陋，墙壁上没有一幅艺术品，连我当年拍的照片也没有。因为一次电脑维修，我丢失了所有照片。张宛走到餐厅，我们相视一笑。

很抱歉，让你来我家，这不是我的主意。我心里说。

我把新沏的茶递给张宛，和她一起走出餐厅。为免周芹不悦，在接近客厅时我加快了脚步。

张老师，不瞒你说，我跟朱盾结婚这么多年，你还是第一个来我们家的女同学。

张宛尴尬地笑了一下，双手捧着茶杯，坐在小沙发上。我绕过茶几，坐在大沙发的另一端。看来，周芹对座位也是有讲究的。

张老师是不是很少回来,都未见过?

唔……张宛犹豫了一下。

太忙啦?周芹追问道。

怎么说呢,确实很少回来。这次家里出了些状况,就回来一趟。

跟你爸有关?我问。

怎么说呢,也不全是,我想把这里的房子卖了。

卖了?

嗯。

干吗卖了?

确实有需要钱的地方。

现在摄影师不是很挣钱的嘛。周芹抢在我之前把话接了过去。

我的不挣钱。张宛正色说,把脸朝向我,那座房子有很多年没去了。

我若有所思地点了点头。

恐怕我都找不着那座房子了。

此后张宛对我们提起她今天早上走过了许多地方。这几年本城变化很大,新城尤大。当年张宛在新城遇见最多的是鸭子,现在不会再遇见一只。事实上,我现在就住在当年鸭棚的上空。也许不久之前,张宛就在当年鸭棚的附近徘徊。如若如此,她的目光一定曾停在我家的大楼,甚至掠过我家的窗台，而我在陪朱小叨玩耍之时，也曾多次将目光投向窗台。也就是说，假如目光是一道实线，二者早就在窗台的半空打结多次。直到走进老城才唤起她的些许记忆：道路两边的法国梧桐、一面专门张贴布告的宣传栏、一条石板老街、一家开在过道的牛肉面馆以及一家叫“一撮毛”的小酒馆，都是当年二人常去的地方。她没有找到碧水湾，碧水湾已经变成幼儿培训机构。她就是在幼儿培训机构的边上，看到一家儿童玩具店，买了一套乐高积木。

小叨多大了？张宛问。

七岁。我说。

六周岁三个月。周芹补充说，再过个把月就读小学了。

真可爱。长得很像朱盾。

是吗？都说像我多一点啊。

张宛目光飘移，像是在找朱小叨。朱小叨已经回房搭乐高去了。这是让人难以理解的地方，张宛总不至于是来找朱小叨的。相比之下，周芹比我谈兴更浓，她问了张宛一些问题，诸如有没有恋爱、想不想结婚、要不要孩子之类，见张宛支支吾吾，索性阐发了一通自己的看法，其语重心长颇有大姐风范，且隐隐透出乐于做媒的诚意。其间，我和张宛有过几次极为短暂的眼神交流，我主要传达的是无奈，张宛想传达什么，我不是很清楚，看起来好像并不介意周芹说三道四。周芹把一套结婚生子的逻辑掏完后，又回到摄影上，她确实是有备而来，和张宛之间形成一种矛攻盾守的阵势，而我则沦为看客。张宛对她说，她拍照只是旅行之便，所以不挣钱。这显然是言不由衷的。当年我以为张宛拍照是追求理想，她要成为一名摄影家，现在看来，更可能只是一种情感的需要，她会在拍鸭子的时候成为鸭子，她会在拍河流的时候成为河流，她会不知不觉地成为她拍下的景象和人物，她在感知它们的爱与痛的同时又将它们转变成自己的爱与痛，这样一来，反倒对现实生活麻木了。周芹听到旅行就来了劲，她对张宛口中的西部深感好奇，又很快迁怒于我。

我们现在去的最远的地方还是上海，连北京都没去过。她说。

苏州比上海远，我们去过苏州。我说。

表面上周芹是嗔怪于我，实则只是做给张宛看，和电视上的肥皂剧情节差不多。她在我大腿上揪了一下，还要我发愿带她去西部。我敷衍了几句。之后，房间里沉默了下来，我和张宛沉默也就罢了，周芹为什么不吭声呢？想必在某一时刻的置身事外也是有意为之。持续三五分钟后，周芹抬起头，不经意地说，你找朱盾有什么事现在就可以说啊。

哦，我没事，就是来看看老朋友。

张宛站起来，走进朱小叨的房间。她大概和朱小叨聊了几句，我只听到咯咯的笑声。出来的时候，张宛说她该走了。她几乎是直接往门口走的，虽然步伐不快，但足以让我和周芹感到突然。周芹是坐着挽留的，我则立刻起身。我把张宛送到门口，又送到电梯口。在电梯口，我听到周芹说，小叨，快出来，和爸爸一起送下张阿姨。还好电梯门打开了，我连忙跟随张宛跨了进去。我想和张宛单独聊一会儿。

我：什么时候走？

张宛：房子卖了就走吧。

我：房子里的东西都清理了？

张宛：我还没进去过。

我：以前的照片……都还在吗？

张宛：在。

我：在你卖出去之前，我可以再进去看看吗？

张宛：可以啊。

我：一言为定。

此时电梯停了。张宛好像还想说些什么，但咽下去了。我没有再送出去，周芹还在楼上等着我。

十

次日晨跑，我又进入了张宛的叠墅小区。

因为无法判定张宛房子的确切位置，我只能等待张宛出来带路。这就涉及一个问题，假如再次遭遇遛狗的女人，我必须在她发现我之前避开她，这让我在小区的举动显得鬼鬼祟祟。张宛迟迟没有出现——后来我才知道，她和我一样，也是从外面进来的。我置身隐蔽，致使二人的碰面费了一番周折。在一片小树林里，张宛带着徕卡相机朝我走来，我也带着徕卡相机朝她走去。如上所述，我胸前的相机之前一直封存在我老家的仓库里。昨日张宛离开之后，我们一家人回了一趟老家，给我的爸爸妈妈送去了几袋从杭州带回的西湖藕粉，顺便蹭了一顿晚饭。我正是在那时趁隙溜进仓库，找到了这台久违的相机。虽然在见到张宛时仍没来得及充电，毕竟形式上已经如愿了。

我和张宛相视而笑。我们开始在小区里散步，彼此保持着必要的矜持，目光状态大致如下：时而正视前方，时而低头看地，时而侧视——我走在左边，在左侧，张宛走在右边，在右侧，左右皆有花木依傍。拐了一个弯，我感到张宛的房子就在前面了。这种感觉如此奇妙，只有张宛在我身边时才会发生。房子的外墙看不出什么变化，窗户和窗帘紧闭，仿佛包裹着一个幽远的世界。此时传来的狗叫声让我全身哆嗦了一下，我躲在张宛身前四下张望，没有发现狗的踪迹。

你什么时候开始怕狗了？

呃……是它叫得太突然。你没睡在家里吗？

这里太久没打扫了。

我“哦”了一声，揣测太久是多久。

有十年了吧。我从未回过这座房子。这里的一切都保持着十年前的模样。

是吗?

我有些震惊,但不知道该说些什么。我们一起走到门口。十年前的那天早上我穿着防水服从这里出来,没想到十年后才会再进去。对于一座房子而言,是不是可以视为时间停滞了十年?如若如此,房子的时间将在大门打开时重新启动,那么,它对我和张宛的接纳应该和十年前无异。

我想起来,你有很多东西留在这里,可以带回去。

我的身材日渐发福,衣裤之类肯定没用,牙具毛巾可以忽略,只剩下日记。很难想象在我和周芹的家里,会突然多出一大沓日记。

我说,那些东西你随便处理,无所谓的。

此时大门打开了。

你先站在门口,别进来。张宛端起相机说。

我缩回脚,看着张宛走进大门,接着转身,俯首,拍下自己留在地板上的脚印。空气中弥漫着灰尘的气味,张宛的脚印异常清晰,像是一个雕塑模子。玄关上的一盘绿植干枯得不辨其形,陆元敏的旧上海照片上蒙着一层厚厚的灰。

张宛对着玄关咔嚓了一声。她背朝着我,离我最近的是她撅起的屁股。

我终于得到允许,走进房子。我跟在张宛身后,犹豫着是否也举起相机,又担心张宛识破相机没电的真相,毕竟它不能发出咔嚓的声响。张宛好像忘记了我的存在,她的目光和相机一起,一直聚焦在尘封多年的事物上。干枯的绿植,原木大书柜,摄影集,靠着书柜的卢广照片,照片下的一堆老鼠屎,以及四人位大沙发。大沙发的扶手上,悬着一条蓝色牛仔裤,看大小是我留下的。

啊,这是我的裤子。我说。

张宛把我和牛仔裤一并收入镜头。这样看来,还是没有存在感为好。

她回避了书柜对面的那一堵墙。那是被河流照片占据的一堵墙,其中四张对齐悬挂,还有三张斜靠在墙角。我看着它们,看着那两个比现在年轻十岁的身体,看着凝固的河流和流逝的时光。显然,我之前并未意识到,我和张宛都苍老了不少。

张宛指引我上二楼。

好好想想,别把东西落下了。

楼道拐弯处的天花板沾满霉滓,邻近的墙纸也发霉了,有一张下垂的墙纸露出更深更黑的霉滓。在二楼过道,我看见了木船模型,生锈的船锚搁在船身里。张宛俯身,拍下了一张船锚特写。

接着,我们走进当年同居的房间。

我一眼就看到那张一起睡过的床、那条一起盖过的被子,被子上堆着几片坠落的漆料。我看着被子起伏的褶皱,右边平整，是张宛躺过的地方，左边隆起如狗窝，是我躺过的。我仿佛看到那天早上，我从“狗窝”里钻出进入卫生间的情形，我在马桶上坐了很长时间，直至双脚发麻。我伸手抚了抚被子，黏黏的。可想而知，曾经有成千上万的螨虫在此建立巨大的王朝，最后集体死于饥饿。

床头柜上斜放着一本笔记本，想必是诸多日记中的一本。另外的，一定放在床头柜的抽屉里。我没有去看日记。我回过头，打量对面的照片墙，那些密密麻麻的黑白照片，穿插在黑白照片中的彩色照片，以及我们拍下的鸭子和被认为是鸭子的我们。

张宛依然只是举着相机。她的大半张脸被相机遮住，使我无法看清她的表情。我是在她放下相机的时候说话的。我想我们总得说点什么吧。

现在我明白了，为什么罗兰·巴特说，通过摄影，我们进入了平淡的死亡。

所有的照片都是死亡的象征。

摄影理论的话题非我所长，我立即改口问，接下去有什么打算？

张宛说，不知道。

还会一直拍下去吗？

会吧，习惯了。

很抱歉，昨天让你来我家里。

为什么这么说呢？我本来就想看看你现在的生活。

我怔了一怔，拾起床头柜上的日记，掸了掸落在上面的灰尘，又从抽屉里取出剩余的日记。它们唯一的去处也就是老家的仓库了。显然，周芹不能看到这些日记。

张宛：再想想，还有没有东西落了。

我：肯定没了。

张宛：那你先回去吧，我还要拍些照片。

我：我陪着你吧？

张宛：不，不用。我一个人会更好。

我：要不我出去等你？一起去哪里坐坐，去“一撮毛”？

张宛：我可能还要很久。

我：没事，我在下面等。

张宛：以后再说吧。

我停在原地，如果此时离开，我不觉得我和张宛还有以后。有一个问题，曾经在我心里萦绕很久，在张宛来我家的时候，又冒了上来。我想把握最后的机会。

你是不是很喜欢朱小叨？

你孩子很可爱啊。

我想问你一个问题。那时候，我们是不是有过孩子？

张宛愣了一下，随即转过身，一言不发地举起了她的相机。

她对着房间一阵猛拍。

我也许是冲昏了头脑。就这样,我垂头丧气地离开了张宛的房子。在走出小区的时候,我看见一辆熟悉的红色小车停在门口,接着周芹从小车里走了下来。

一个小时十七分钟,朱盾,我在这里等了你一个小时十七分钟。

我抱着一摞日记,镇定地朝周芹走去。

先上车吧。我说。

求囡记

一

李律想要一个女儿。这个念头在他心里萦绕了很久，后来变成一块长在心上的石头。李律可以用手指测量出石头的位置，在右心房和肺静脉之间。他感觉得到它僵硬的质地。以前，李律和邵芳没有离婚的时候，会一本正经地把位置指给她看。邵芳爱搭不理的样子，他通常理解为，此人对心脏的结构不太了解。因此有一天晚上，李律特意下载了一张彩色的心脏平面图。你看，就在这个位置。李律右手的拇指和食指从胸骨柄的末端开始，以一厘米左右的宽度丈量着向心脏的方向探步前进。接着，他的中指终于按住了一个位置。李律相对笨拙的左手试图告诉邵芳自己所指在彩图上的确切位置。但是邵芳掀开彩图，从床上坐了起来。邵芳就是这样一个没有生活情趣的女人。李律感到自己心上的石头咯噔了一下。他说，石头正在下坠，如果真的掉进右心室的话，那我一定会心肌梗死的。邵芳蜷着身子，从他身上翻了过去。进入李律视线的有一条较平坦的乳沟，两半片摇晃的乳房，最后是一个不怎么饱满的屁股。邵芳一只手支在床上，另一只手伸向旁边的小床。那里睡着他们四岁的儿子。邵芳拉了拉床上的被褥，手指在儿子的鼻尖上划了一划。李律看到她的侧脸浮现出一丝调皮的笑容。

你知道心肌梗死意味着什么吗？

邵芳用紧皱的眉头回答了李律的问题。邵芳回过身子，推了推李律，示意他睡到里边去。邵芳细长的指尖不小心从李律的臂膀滑向他的胸部。不，是心脏。李律嗞了一声，右手赶紧护住心脏的位置。在邵芳钻进被窝后，他又嗞了一声。可是邵芳已经闭上眼睛了。李律巴望着邵芳的长发、耳垂、鼻子、嘴唇以及两颊若隐若现的乌星，接着伸手关灯。李律并无睡意，有一根乖戾的神经正在驱使他把萦绕心头的计划和盘托出。是的，就在今晚，没有商量的余地。李律采取迂回之术，反复在右侧卧、左侧卧、仰卧和俯卧中变换睡姿。他想，只要邵芳有兴致和自己搭讪，问题就有可能延展到想要的方向。有一缕缕凉飕飕的风钻入两具身体的空隙。邵芳卷起被褥，尽量让背贴上去。邵芳是不是忘了她是长了嘴巴的，还是又在对自己噤声？李律开灯，起身从电视柜里掏出照相机。

邵芳，你说要是现在我右侧卧睡着了，明天醒来会是什么姿势?

李律发现邵芳闭着的眼睑动了一下,他接着说:

你现在给我拍张照,等明天醒来的时候,你再给我拍一张……

邵芳动了一下的眼睑又不动了。李律俯下身子,整个人沉到邵芳的身上,凑近她的脸说:

那样我就知道自己的睡相了。

邵芳把整个头埋到被褥下。因此李律够到的,其实是被褥隆起的褶皱。邵芳既没有反抗,也没有配合。李律的身体一下子干瘪下来,如同一张薄薄的纸片贴着邵芳。是否自动飘走让李律颇为犯难,维持局面成了无可奈何的选择。但是如果邵芳一直不做反应,无疑会加重颜面扫地的后果。李律撑起身子,临时迸发出做俯卧撑的念头。在邵芳的身上一连做了好几个不太标准的俯卧撑,才回到被窝。李律原本想为邵芳拍几张入睡睡姿照,作为今后的交换条件,但同时又把照相机搁到梳妆台上。自从有了儿子以来,李律就对自己睡在哪边失去了主导权。一切遵照邵芳的意愿。也就是,在某一特定时刻,邵芳是觉得护肤更重要,还是疼爱儿子更重要。更多的时候是邵芳想两者兼得,李律就要在中途更换位置。就像今晚一样。李律看着熟睡中的儿子。他的嘴角又流出了哈喇子。到目前为止,这个孩子还看不出多少李律的遗传基因,从额头一直向下,除了那根东西之外。当然,那根东西也代表不了什么。李律想要一个女儿。李律对自己强调说,是的,这一点,毫无疑问。

李律关灯,又旋即起床,接着摸索着漆黑的空气走到阳台。外面灯火通明。李律靠在阳台上,燃起一根烟,对这种怡然自得的状态颇为受用。对于如何向邵芳坦白的问题,李律思忖良久。他推测出邵芳可能出现的几种反应。第一,欣然接受,共同努力。这仅仅是美好的向往,可能性近于零。第二,心怀忐忑,措手不及。可能性也近于零。种种迹象表明,邵芳正在朝女强人大步前进,尽管她自己可能没有意识到这一点。或许我应该提醒提醒她。李律想。尤其是凡事多听听我的意见。李律弹了弹烟灰,准备顺便测试一下烟灰在下坠过程中,会于何时离开自己的视线。测试失败是因为他的思维在瞬间发生了转移。他想到邵芳可能产生的第三种反应:大发雷霆,断然拒绝。这一令人绝望的结果倒是更符合逻辑。无论李律以何种方式切入正题,看到的都是邵芳怒火中烧的样子,而且她的脸越拉越近,几乎可以闻到一股唾沫的味道。李律认为,自己之所以担心有余,并不关乎男人的尊严问题。而是,无论如何,这件事情都需要用到邵芳的肚子。可不可以借用别人的肚子?李律立即予以否定,自己非但无力承担其中的道德风险,而且单就个人魅力而言,势必带来的巨额费用问题也没法解决。除此之外,邵芳也可能产生第四种反应:一笑置之,不置可否。这种反应虽然较之第三种为好,说明邵芳对生二胎并不反感，可一旦涉及实质层面的运作，排斥情绪更有可能逐渐增加，因此毫无意义。那么，是不是有另外一种途径，让邵芳在不知情的情况下怀孕呢？余下的事情则走一步算一步。李律吐出一口烟，让烟在半空中形成一个浓重的圆圈，接着对着皓皓明月，自信地点了点头。

李律蹑手蹑脚回到卧房。邵芳大概已经睡着了，眼前呈现着她模糊的面容。即使模糊，邵芳的面容仍是如此清纯，散发出一股书卷气。李律想，假如这样端视邵芳的是自己之外的其他男人，产生一片浮想几乎是肯定的，尽管她身体内部的构造与生产前已不能同日而语。李律在邵芳露出的额前轻吻了一下。仿佛有一缕淡淡的青果味进入他的鼻子。这颇有意味的一吻让邵芳在蒙眬中睁开了眼睛。邵芳没能制止住微笑，尽管这温婉的微笑倏忽消失。邵芳的声音随后响了起来，语气是软是硬无从判断。

邵芳说，刚才出去抽了几根？

李律说，三根。

邵芳说，那先去刷牙，最好冲一下。

二

李律的单位在一个偏远的乡镇，离城区大约三十公里。李律需要每天往返于这段路程。他曾经下定决心绘制一张过境路线图。这张路线图将由公路和山路两个部分组成。绘制失败是因为思绪经常被漫无边际的臆想打断,因此即使往返多年,李律仍然对沿途的风景不甚清楚,就像对工作一样。李律通常在上午九点抵达所在的单位。单位的门口有两棵大樟树,两座建于二十世纪七十年代的建筑一前一后分立,墙壁青砖裸露,地面的抛光砖则油光滑亮。李律现在有了一辆小车。小车通常停靠在门口的溪流边。溪流里的垃圾是越积越多。李律需要面对溪流做最后一番沉思,才会慢悠悠地朝办公室走去。

李律很少待在自己的办公室里,每天合计不会超过半个小时。另一间办公室是更习惯的去处,那里有本单位唯一的少妇唐雪秋。大部分男同胞都这么认为,和唐雪秋说话是一种难得的感官乐趣。不仅是视觉上的,还有听觉上的,有时也有触觉上的,那就需要制造一个和唐雪秋有关的精辟玩笑。唐雪秋会捏着拳头冲上来,连续捶打玩笑的制造者,范围一般控制在三角肌、肱肌一带,以保证捶打点牢靠受力。李律就是频繁遭受唐雪秋捶打的那个人。李律觉得像唐雪秋这样俗得可人的女人,似乎只有他的生活态度才能与之般配,无奈的是,他已经结婚了。李律曾经设想和唐雪秋制造一个女儿,这个女儿一定比和邵芳的更有意思。为此他特意下载了一张哈佛大学的智商测试表,毕竟据说后代的智商百分之七十由女方决定,绝不可鲁莽行事。结果唐雪秋即使超时,也只能拿到八十三分，而邵芳在勉为其难的情况下，也轻松拿到了一百二十九分。李律遗憾地发现，智商和趣味在女人的身上是互相排斥的。于是唐雪秋的价值只好更多地体现在计生顾问的身份上。李律很想从唐雪秋那里探知生育第二胎的各种可行渠道。他需要在各种可行性中，寻找到一条最为保险的渠道。

除了唐雪秋的办公室之外，李律还要经常下村。从单位到村，从村到单位，基本构成了李律两点一线的乡镇生活。在他和邵芳没有结婚的时候，生活则是三点式的，需要加入宿舍这个点。李律正是在那时和住在隔壁宿舍的唐雪秋渐渐熟络起来。是的，就是从那时开始。有许多个夜晚，李律还是有赖于对唐雪秋的臆想才能安然入睡。他想象着如何剥落她的衣服，如何抚摸和亲吻她的胴体，以及倾听她局促的喘息声。当然这份臆想仅仅是为了平衡内分泌失调的大脑，而且对象也不仅限于唐雪秋一人。唐雪秋是那样一个天生的农村工作者，和李律当初的追求相去甚远。她能够轻而易举地获取许多机密的消息，比如谁家没有放环，谁家没有结扎，谁家孕检造假等。这样的人应该是许多农村妇女的天敌，但问题是所有的农村妇女都对唐雪秋礼貌有加，就像唐雪秋对待她们一样。她好像是本乡所有农村妇女的亲戚，关系如表妹、侄女、孙侄女等不一而足。这么多年过去了，李律还谈不上认识哪位农村妇女。他倒是认识一些老人。在大部分下村的时间里，李律都是躲在村老人亭里和他们下象棋。

这个早晨李律又朝单位办公室走去。阴沉的天色使走廊显得更为狭窄。身后的廊灯折射出李律的影子。李律试图踩住影子的头，无奈每踏出一步，影子也会前倾一步。保持影子不动需要维持身体的直立状态，而这时双腿则无法着地。李律发现，只有上身后仰（使影子退到脚跟）的方式才能勉强够得到头。他觉得有必要以此测试一下唐雪秋，也许未经指点，她永远踩不到头也说不定。唐雪秋没有给自己踩头的机会。她看到李律，就把他强行拽了进来，指使他看桌上摊开的一沓报表。长期以来，唐雪秋好像都在为李律的斗志跟自己赌气，她总是不择手段地努力感化李律，以使他成为一名同自己一样的专业的工作者。她一直处在挫败的状态，因此拽人的力度越来越大，脸色也越来越差。李律一脸无辜地看着唐雪秋。报表的数字他从未逃出过倒数第三名，招惹唐雪秋的当然不仅仅是报表的问题。

唐雪秋说，那个谈话对象又跑了。你还不知道吧？

李律愣了一下，又一脸无辜地看着唐雪秋。

唐雪秋说，不是叫你死盯着吗？

李律低下头，回想唐雪秋什么时候说过死盯，死盯谁。他借助象棋的圆想到一张胖嘟嘟的圆脸。

唐雪秋说，你就不能上进一点吗？

唐雪秋意犹未尽地揪住了李律的耳朵。这一动作如此出其不意，以至于唐雪秋自己都吓了一跳。她的食指和拇指在瞬间僵直，即使松开后还停滞在李律的耳际。直到潘副主任进来他们才清醒过来。唐雪秋迅速缩回手。

潘副主任说，晚上集中行动的事，通知好了吧？

唐雪秋说，都通知了。

潘副主任瞟了一眼李律，示意他出去。李律出去之后，绕到院子前，透过窗户窥视办公室里的情况。潘副主任正弓着身子站在唐雪秋身后，一只手程序地在一张报表上指指画画。他的胸腹完整地贴在唐雪秋的背上。李律义无反顾地走到窗口前，敲了两下玻璃。潘副主任立即挪开身体。

唐雪秋，我没带笔，你拿支笔给我。

唐雪秋，这支笔太细，你给我换支粗的。

这次集中行动就和那张胖嘟嘟的圆脸有关。据消息，圆脸暂时躲在市区的姑妈家里，但地点随时可能转移。在每次集中行动中，李律唯一的任务就是守后门，不管是不是他的工作对象。李律通常是怀揣一瓶矿泉水，坐在房子后门的台阶上抽烟。周围一片静寂，只有昏黄的路灯陪伴着他。偶尔，李律也会和地上的影子聊上几句，更多的时候则是静候盘碗、电器、玻璃破裂的声响，接着他会听到女人嘤嘤呜呜或者骂骂咧咧的声音。李律时常悬着一颗心等待女人声音的到来。一旦女人的声音传进耳际，他就会如释重负地拍拍屁股，扬长而去。当然，这已是好几年前的事情了，摔盘碗的事情也被上级三令五申所禁止。现在李律也无心关注里边的动态了。因此女人的哭声经常是突然闯进他的耳朵。伴随着一阵嘈杂的脚步声，李律站了起来。他又看见了圆脸。圆脸从人缝中透出来，腆着肚子张望着。同事们的庆功声湮没了圆脸的呜咽声。李律看见潘副主任走在队伍的最前面，径直钻入那辆豪华商务车（乡镇有限的公车通常是领导专用）的副驾驶座。与往常不同的是，李律也跟着钻入了豪华商务车。他在上车之后才意识到自己的反常。

李律的前前后后簇拥着七八个同事，他们的声音由小及大，越发激动，原因是对昨夜一局麻将的出牌分歧颇多。圆脸坐在李律的右边。李律剥离各种声音的侵扰，使自己沉浸在圆脸的呜咽声中。整辆车上只有圆脸和李律一语不发。因此有那么一阵子，李律错误地以为他和圆脸是一伙的。错觉的清醒伴随着心跳的加速。他用眼睛的余光打量着圆脸。不，是邵芳。如果不幸和执着并存的话，也许有一天，邵芳也会像现在一样坐在自己的身边，目的地是市医院，或者是乡指导站，一切依照邵芳肚子的大小而定。李律观察了一下半开的车窗，窗外霓虹闪烁，有几辆小车疾驰而过。带着邵芳跳跃式的逃离显然是不可能的。李律又把注意力集中在同事的身上。他在心里叹了口气，失望地闭上眼睛。他的眼前浮现出唐雪秋的面容。他确定，只有这个最危险的人物才有可能真正帮助自己。

三

李律躺在床上。时间是上午七点四十分。邵芳已经出去了。邵芳正在送儿子去幼儿园的路上,或者已经到了。按照惯例,李律将在二十分钟后起床洗漱,接着打的去单位。邵芳会把小车停在一个固定的地方。因此李律只要机械地走上几步就够了。这一短暂的路程会让他遇到一些熟人,老同学、原来的同事或者同批的同事。这是邵芳的安排。有时候,李律觉得有了一辆小车反而使生活变得更加复杂。李律仍然躺在床上,点上一根烟。他把剩下的六根烟都掏了出来,用烟盒充当烟灰缸。思绪在缭绕的烟雾中散开。事情迟早要付诸行动,但是真的落实到具体的某一天,具体的某个时辰——比如今天,现在,此刻,李律还是觉得心理准备不足。有几片细碎的烟灰落在被子上。李律噘着嘴吹了又吹。他沿着烟灰散落的方向又盯牢地面,打湿食指沾上一片烟灰,接着用拇指搓了两下。李律这时才意识到自己多少有些紧张过头,他是多么害怕触动邵芳的脾气!他长舒了口气,从床上一跃而起,拉开窗帘,打开窗户,把烟盒抛向远处。

李律决定,旷工半天,当然一天也无所谓。窗外是雾气弥漫的阴沉,仿佛使书房也染上了一层灰。李律坐到电脑前,发愣于界面的一片蔚蓝和草绿。以往,李律通常每个晚上都要占用电脑两三个小时，倒不是为了上网，而是这一打发时间的方式比较隐晦，也算是对邵芳的一个交代。他直了直腰板，又燃上一根烟，表情异常肃穆。搜索页面在散开的烟圈中弹开。搜索栏里迅速跳出“生女技巧”四个宋体字。李律没有急于点击搜索的提示框，而是站起来，仔细端详刚刚打出的几个字。仿佛是在等待摄影机完成一个重要的特写镜头，抽烟的动作也变得异常缓慢。李律认为，作为一项重大计划付诸行动的开端，加强一下记忆是必要的。

整个上午倏忽而去，就像窗外的雾气不知在何时散开。李律的情绪在搜索中逐渐亢奋，最终使目光所及之处无不泛出一层白光。他的脑海中闪烁着酸碱值、性高潮、排卵日等词汇以及一张清宫生男生女预算表，诸种烦琐的技术流程均显麻烦，一概排除在采纳范围之外。无论如何，做爱都不应沦为一项机械运动，即使邵芳的身体已不复当年的吸引力。李律倒是对酸性食物颇感兴趣，原因是这些酸性食物和他的肉食偏爱基本相称。我应该每天自己来做晚饭。李律想。李律现在的晚饭一般是在岳母家解决的。岳母这位虔诚的佛教徒历来提倡素食。或许邵芳就是因为缺少肉食的热量才变得冷冰冰的。这使他更加坚定了亲自掌勺的决心。如果记忆没有出错的话，邵芳曾经也是对自己的厨艺鼓励有加的。是的，我应该每天自己来做晚饭了。李律强调说。接着他匆匆洗漱完毕，向菜市场赶去。

中午，李律简单地吃了一碗方便面，上床睡了一个长觉。下午四时一刻，他起床烧饭。除了最初忙中出乱，总体而言，炒菜的过程还算是稳健。学会游泳的人，真是一辈子都不会忘记游泳啊。李律感叹道。最后时刻，他还哼起了一段小曲。他把保鲜膜敷在热气腾腾的菜肴上，准备打电话给邵芳。立刻中断是因为他想起小车一直停在单位，如果邵芳速度偏快，就有可能知道自己没去上班的事实。因此李律在打的到单位之后，才拨通了邵芳的手机。邵芳正在忙碌的样子，“哦”了一声就挂断了电话。李律坐在车里，打量着来来去去的行人和车辆，揣测邵芳刚才是否听清楚了自己的话。生活的惯性即将被打破，李律突然觉得有些不太适应。他调整了一下坐姿。此刻他觉得有必要补发一条短信，以向邵芳确认已经亲自做了晚饭的事实。邵芳没有回复。直到门口只剩下李律一辆孤零零的小车，邵芳才姗姗来迟，一脸疲惫地坐进车里。

邵芳闭着眼睛说，你没有去把儿子接过来？

李律说，妈接了，在妈那儿。

邵芳说，也好，反正晚上我还有事。

邵芳好像觉得李律做饭是一件正常不过的事情，或者她压根就不清楚每天的晚饭是怎么解决的。邵芳匆匆地搛菜、吃饭，慵懒的表情和迅捷的动作形成鲜明的对比。李律呆呆地看着邵芳，看她嚅动的嘴巴、晃动的筷子、闪着荧光的指甲以及黯淡的目光。李律尽量放慢吃饭的速度。他给邵芳搛了一块红烧肉。邵芳顺势搅拌到饭里，合着饭一口嚼了进去。李律也搛起一块红烧肉，放到嘴里慢慢嚼起来。味道确实好多了。李律说。邵芳瞥了李律一眼。邵芳是越来越懒于配合了。沉默的状态需要被打破，但究竟以何种方式打破，李律一时还不是很清楚。整个晚饭的进程和预期渐行渐远。李律望了望窗外，傍晚的天空又被浓重的雾气遮得朦朦胧胧。

邵芳放下碗筷，抹了抹嘴。李律感到邵芳正看着自己，于是抬起了眼。

邵芳说，你是不是有话要对我说？

李律点了点头，说，而且非常重大。

邵芳说，一定要避开我妈，对吧？

李律愕然。邵芳温和地笑着，这种气氛下的温和反而显得十分乖戾。精心准备的开场就这样在误解中无疾而终。邵芳出去了。邵芳不会留给李律解释的机会，这就是智商高最要命的地方。看来改善饮食习惯的路是走不通的，重大计划在实施的第一步就遭受挫折，李律暗忖看来还是安心在岳母家吃饭比较好。何况即使一切顺利，自己究竟有耐性掌勺多久，也确实是个疑问。李律对岳母没有丝毫意见，甚至包括她的素菜。老人还会经常在李律面前絮叨邵芳的不是，让李律多谦让一点。邵芳这段时间是越来越忙碌了，直至儿子也在岳母家留宿了好几夜。大多数时候，只有老人、李律、儿子三个人在一起吃饭。邵芳行色匆忙地出现或消失，反倒会打乱三个人既定的生活节奏。不知道她究竟在忙什么。最近几天晚上，邵芳时常带着一股浓重的酒味回家，冲过澡后也迟迟不能散去。事态的发展颇为严重。从目前的情况看，李律认为自己连做爱的权利都很难保证，更别提制造女儿。邵芳躺到床上就闭上眼睛了，李律存在与否无关紧要。即使他有意识地推一推邵芳，她也不会搭理什么。当然，邵芳偶尔也会搭理一下。邵芳掀开被褥，嚷嚷道：

李律，你到底还让不让人睡觉啊？

四

李律辗转反侧，一连几日都未能安然入睡。生活里加入一点点焦躁，产生一种紧绷感，倒也不失为一桩好事。李律认为，当务之急，还是要找到生二胎的可靠方法。他想到了唐雪秋。

李律坐在唐雪秋的对面。唐雪秋正忙着校对计生报表。李律的注意力集中在唐雪秋的双唇上。双唇饱满红润，富有光泽，透明感强。她下唇的右角、鼻尖的左上角、双眉之间偏右侧，居然有三颗浅浅的小黑痣，这一点李律先前倒未曾发觉。一想到唐雪秋长着一颗小黑痣的嘴唇迟早会说出生育第二胎的方法，他就觉得十分好笑。唐雪秋斜睨了李律一眼，明显带着责备的意味。李律不知道自己又犯了什么错误。他正在盘算如何切入正题。第一，从一个莫须有的亲戚谈起；第二，直接从自己谈起，这显然更为刺激，但是喜忧参半，唐雪秋是选择恪尽职守还是友谊第一，不得而知。李律想到有必要先制造一下氛围。他随手翻着一本杂志，又把头转向单位的大门。

你猜，下一个经过门口的是男人还是女人？我猜是女人。

李律时常和唐雪秋这样漫无目的地打赌，也不约定赌注。只要一时兴起逮着什么，那么赌注就是什么。如果不出意外，都是唐雪秋胜出。有时候唐雪秋想不出新招式，就会直接在李律身体的某个部位做文章，比如拍拍头，捶一下三角肌，甚或揪几下头发来回味童年时光。唐雪秋先是径自整理着报表，接着貌似无心地抬眼朝窗外瞥了一眼，又过早地流露出一丝胜利的微笑。李律曾经对她做过一项数据统计，就是每日平均经过单位大门的男女比例，一般都维持在八比二左右，男性八成，女性二成。那我就只好选男的咯？唐雪秋屏住呼吸，目不转睛地盯着大门。无奈全乡人丁稀落，很久都冒不出一个人影。唐雪秋有些扫兴，瞪了李律一眼，又埋头整理报表。最终进入视线的是一群孩子，活蹦乱跳但是衣履不整，有几个还全身沾着泥巴。在李律看来，这一群孩子无异于从天而降的福音。

真想为提高国民素质做点贡献。

唐雪秋“啊”了一声。

要是能让我再生几个孩子，就是对祖国最大的贡献。李律补充说，你是不是也常常为我这样的高智商感到惋惜啊？

唐雪秋咯咯地笑起来，带着嘲谑的味道。李律知道，唐雪秋这样的女人接下去就会牵扯上性功能的问题了。就算你是高智商吧，但是，你说你还能行吗？你要是想让我给你做检查，就直说。交谈的内容正在朝一个正确的方向阔步前进。李律不急不慢地站起来，摊开双手，走到唐雪秋跟前。唐雪秋流转的眼眸望了一下门口，真的在他裤裆的附近做出了一个抓的动作。李律佯装哇地惨叫了一声，唐雪秋的笑声就更加前赴后继了。

潘副主任这时居然又出现了。潘副主任真的是一个像鬼一样的人。李律不排除，这个当了十几年副职的人，心理存在着那么一点问题。他很想提醒潘副主任，唐雪秋不喜欢闻他身上的狐臭味。

潘副主任说，你这几天上班不太正常吧？

李律说，我老婆的外公去世了。

潘副主任说，那也要请假，现在抓紧下去——他们都已经下去了。

唐雪秋说，那我们要送人情的。

李律说，已经出丧了，本来不打算说的。

李律在潘副主任的逼视中离开了办公室。呼之欲出的正题只好暂时搁置，实在是心有不甘。李律不知道这次集中下村又有什么事,应该和每季度的计生检查有关,但无从考证。他只好又去村老人亭下象棋。一个悔棋成性的老头一连赢了他好几把,腐烂的门牙几乎啃到了他的脸颊。李律的思维一直停留在方才错失的大好时机上。后来他觉得,办公室毕竟是是非之地,还是请唐雪秋去喝一次茶为好。种种迹象表明,唐雪秋和自己确实有一些说不清道不明的地方,不管终点是不是男女关系,一番情谊是毋庸置疑的。问题是李律从未请唐雪秋喝过茶。不仅寻找喝茶的理由困难,如何向岳母和邵芳交代也是个棘手的问题,如若唐雪秋一口拒绝,更将置于暧昧不清的窘境。李律思忖再三,仍觉得难以妥善安排。不过,后来的事实证明,李律的担心纯属多余。李律化整为零随口一提,唐雪秋就答应了。她还指定了一家咖啡馆。她说她对这家咖啡馆的血腥玛丽情有独钟。

血腥玛丽是咖啡的名字吗?

真笨,是鸡尾酒哦,很贵的。

出乎预料，唐雪秋对生二胎的兴趣远超李律想象力所及。这个社会大概包藏着一股潜在的破坏力,只不过更多的人是选择别人出场而已。李律倒是更愿意相信,这正是唐雪秋对自己的一番情谊。李律是在唐雪秋开展工作的途中,单刀直入奔向主题的。最初的不安迅速被唐雪秋的滔滔不绝瓦解。唐雪秋很快罗列出几种生二胎的可行途径。比如,证明第一胎患有某种严重疾病,这就是大多数生二胎的人采用的方法。李律立即予以否定。诅咒自己的后代身患重症，绝非君子所为，并且顺利从医院拿到子女脑残或者肾亏的证明，他也不具备这一能力。唐雪秋接着又罗列了一批其他的途径，比如摔伤、病重、代用亲戚姓名、假离婚等。各种途径都需要事先与邵芳商议妥当，并且至少需要四个月的假期。唐雪秋兀自沉下脸。李律不确定是什么原因。或许同样是性功能，在办公室或咖啡馆这样不同的场合，效果就大相径庭。唐雪秋的眼睛从此躲躲闪闪，好像李律随时会发动攻击一样，这使他本来前倾的身子（以示认真倾听）不得不后仰靠向沙发背。沙发柔软的弹性提示李律瞄了一眼唐雪秋的胸部。唐雪秋穿一件束身格子衬衣，胸口开出的扣子露出一道诱人的乳沟，极易联想到唐雪秋丰润的乳房。唐雪秋今晚是经过一番精心打扮的，总之和平时肯定不太一样。

李律说，这里的沙发稀松了点，质量不太好。

唐雪秋说，咖啡馆的东西都不好的，光样子好看。

李律说，不过音乐还可以。

唐雪秋说，我都没听过呢。

李律说，莫扎特的音乐，比较沉稳。来一杯血腥玛丽吗？

唐雪秋说，呵，跟你开玩笑呢！

李律知道，很多时候，唐雪秋都是这样憧憬地看着自己。他也很喜欢这样一种感觉。当然，如果对象换成邵芳，此刻可以手脚并用，感觉一定会更加舒服。他也很久没有和邵芳一起在咖啡馆里坐坐了。不知道邵芳现在在干什么？李律走在通往厕所的走廊上。这个咖啡馆大部分包间里的人都在喝酒。走廊里散发着腐臭的烟酒气息。李律感到自己听到了邵芳的声音。是的，是邵芳的声音。邵芳正在喝酒。邵芳是喝得越来越疯了。邵芳都站到沙发上，张大嘴巴咕噜咕噜吹起瓶来了。有许多双贪婪的眼睛正直勾勾地盯着邵芳，盯着邵芳一马平川的乳房，嘴角流出了像他们儿子一样的哈喇子。李律很想任意推开某个包间的门，揪出邵芳，训斥一通。邵芳最近确实是太不像话了。李律站在小便池前，排泄带来了一股难以名状的愉悦感。

现在，他觉得有必要梳理一下，如果真的训斥邵芳，自己该如何组织语言。

五

一个摄影展吸引了李律。东西部孩子的照片分立展厅两侧，由此形成了强烈的对比。李律对此并不感兴趣。吸引他的仅止于那些东部孩子。李律在狭长的展厅游荡了很久，决定和摄影师讨论一下价格，购买其中以东部女孩为主题的全部照片。一共十三张。他打算把它们悬挂在客厅和卧房里。不知道是摄影师的爽快还是李律的爽快，一直缺少讨价还价的过程。李律只是要求提早时间，将五天后取货改至两天后取货。他立即买好螺丝钉。遇到的难题是如何处理原先的婚纱照，尽管它们早就被人忽视了存在。李律旋动螺丝刀，一点点松开螺丝钉。是的，婚纱照是以自由落体的方式坠落的，在与墙体和地板的磕磕碰碰中，最终导致玻璃破裂。尽管实际的情况是，玻璃滑到地面居然没有破裂，而是借助螺丝刀的直接发力，咔吧一声，才得以达到需要的效果。两天之后，十三幅女孩的照片如愿进入客厅和卧房。原木色调的实木相框增添了清新的味道。李律坐在客厅的沙发上，燃起一根烟。他打算陪同这些女孩一起，等待邵芳和儿子从岳母家回来。

邵芳和儿子还没有回来。在此后岳母的来电中得知，邵芳晚上加班，而儿子照例睡在岳母家里。李律对此颇为失望，只好在客厅和卧房来回走。他的精力又集中在照片上。照片色彩组合匀称，排列简约大方，他不得不佩服自己良好的艺术感觉。李律设想有朝一日，制作一组儿子和女儿的照片，毫无疑问，整座房子将因此充满温馨和朝气。李律此刻担心的是，邵芳究竟会不会喜欢客厅和卧房的变化。眼下只能确定，邵芳对撤下婚纱照是没有意见的。邵芳问，怎么照片掉下来了？李律说，日子久了，螺丝钉松了。仅此而已，邵芳不再有其他反应。李律走到阳台，又燃起一根烟。他想，假如邵芳能从客厅和卧房的变化中，生发没有女儿的感慨，那将是一件多么美妙的事情。如此即可顺势跟进，和邵芳讨论一下独生子女的性格缺陷、风险防范等问题。对此许多专家早有定论。因此李律迅速转到书房，从网上下载打印了一些关于独生子女的评论资料。再三权衡后，李律把这些资料随意地搁在了邵芳的梳妆台上。

邵芳迟迟没有回来。李律有足够的时间可以想象，邵芳回家之后的各种反应。按照正常逻辑判断，作为一个至少曾经有一定品位的女人，邵芳显然会报以欣赏的态度，而在评论资料的推波助澜下，进一步触景生情也在情理之中。乐观分析，邵芳坐在梳妆台前，会主动对李律说：

李律，要是我们能再生个孩子，该多好。

也可能更为具体：

李律，说真的，我还真想有个女儿。

当然情况也可以更加喜人。邵芳直接爬到床上，干脆利落地扑向李律：

李律，我早就看穿你的心思啦！我们这就造个女儿出来吧！

李律靠在沙发上，心满意足地笑起来。此刻他打算未雨绸缪，为邵芳炖一碗白鸽汤。李律把炖好的白鸽汤端到客厅的茶几上。如同完成一次庄严的仪式，他估量着墙上的照片与茶几之间的距离，精心挪动汤碗的位置，使之刚好与两端的照片构成一个等腰三角形。接着，他打开客厅里的吸顶灯、筒灯、壁灯、落地灯等全部灯饰，躺到沙发上，静候邵芳回来。

在邵芳的诸种反应中，李律疏漏了一点，就是邵芳也完全可能没有任何反应。邵芳夜半时分才醉醺醺地回来，完全忽视了灯光和香味的存在，直接走进卧房，此后不再发出任何声响。一股无名之火在心中灼灼燃烧，李律巴望着卧房摇晃着的门，毅然决定，如果今晚邵芳不主动出来召唤一声，自己将一直在沙发上坐到天亮。即使延伸至今后的一段时日也在所不惜。遗憾的是，李律的耐性在大约二十分钟之后自动消解。他走进卧房，发现邵芳根本没有躺在床上。

邵芳还在洗浴间里。李律侧耳打探着里边的动静。感觉不出任何擦洗身体的迹象，连淋浴、呕吐或者腹泻的声音都没有。有那么一阵子，李律压制住踹门而入的冲动，对门轻轻地拍了好几下。邵芳就是在李律正式抬脚的瞬间走出来的。她避开李律的目光，径直躺在床上。

李律说，你没事吧？

邵芳说，喝多了，胃疼。

李律说，我给你炖了碗白鸽汤。

邵芳说，很迟了，先睡吧。

邵芳盖上了被子。从当下形势判断，多说无益，白鸽汤更好的去处应该是冰箱，或者是李律的嘴巴。李律靠到床上，目光散淡地游移在房间里，突然感到这个房间的一切都和自己没有关系。梳妆台上的瓶瓶罐罐是邵芳用的，窗台上的多肉植物是邵芳栽的，紫罗兰色的窗帘是邵芳选的，墙上的液晶电视是邵芳看的，阳台上的摇椅是邵芳躺的。或许，也包括眼前睡着的邵芳,以及睡在岳母家的儿子。好像仅仅是为了确认自己和邵芳的关系,李律猛地发力,整个人压住了邵芳的身体。邵芳没有反抗。邵芳在他的拽动中平躺过来。李律感到邵芳疲倦的眼神中透出一股冰冷的寒意。他加大了压迫的力度,但邵芳始终缺少身体起伏的呼应,连一点声音都没有。因此整个过程更像是李律的独角戏,和自慰相去不远。完事之后,李律简单地冲了一下澡,独自走到阳台。事态的发展令他颇为犯难。如果和邵芳的关系一直僵化下去,重大计划无论如何都不可能成功。痛定思痛,李律决定主动和邵芳商量一下戒烟的问题,一日递减两根,十日之后绝迹烟坛,甚至当场写下军令状也在所不惜。即使邵芳得寸进尺,错误地提出要自己追求上进,也可以一并答应下来,并在今后多少做出点样子。一切等到生下女儿再说。李律认为,基于父女相亲的原理，未来的女儿绝不可能像儿子一样被邵芳轻易统一战线,到那时,邵芳势必会被自己独特的父爱所感化,从此走上正确的生活轨道。李律仰起头,长长地叹了口气。

但是,李律设想中商量一下的情况也未能如愿发生。他回到卧房,发现邵芳正在抽泣。抽泣随着李律的靠近转化成哭泣。怎么了?李律问。邵芳没有回答。出什么事了?李律贴近邵芳的身体问。邵芳突然全身抽搐地摆了摆手,一肘击在李律的胸口上。李律不由自主地惨叫了一声。邵芳没有转过身子。这个夜晚就是这么结束的。在此后的几天里,李律都在揣测邵芳哭泣的原因,究竟是别人还是自己或者两者兼而有之无从认定,即使那一肘击是故意还是过失也不甚明了。这反而增加了李律每天的烟量,从一包增至两包,戒烟计划就此搁浅。邵芳倒是很快恢复正常,好像哭泣和肘击从未发生一样,还主动对李律更换照片的事情做出了简要评价。

真的没见过像你这样无聊的男人。

李律对此深表失望。在生活方面,邵芳的退化真是相当惊人。

六

李律在一家药店门口徘徊良久，最终决定跨步而入,以迅雷不及掩耳之势,分别买了一瓶避孕药和维生素片,并指定国外原装进口。李律坐回到车里。作为两种毫不相干的药品,两者在质地、色泽、形状等各个方面均有不同。他义无反顾地将它们置换过来,接着把换上避孕药的维生素瓶子随手扔到路边的垃圾桶里。留在手中的,是换上了维生素片的避孕药瓶子。仔细端详一番之后,李律重新套上包装盒。是的,这是一位从国外回来的朋友送的,作为国际领先的尖端科技产品,经过多次临床试验,证实副作用为零的“避孕药”。尽管据李律所知,邵芳之前从未有过吞服避孕药的经历。当然,只需要做一简单介绍即可。邵芳向来不是一个铺张浪费的女人。他同时做好了另一手准备，就是一旦邵芳发现所吞服的是维生素片而不是避孕药该当如何。姑且不论这一发现的前提只能依靠专业医师或化学解析，李律预备的回答是：

×，不会吧，国外也有假到这个地步的冒牌产品？

相比之下，李律担心的倒不是如何阻止邵芳避孕，而是如何确保她怀上的是一个女儿。他又想到了唐雪秋。一想到唐雪秋会如此热情地给予自己隐秘的帮助，而且这一帮助还是和她所从事的工作直接对抗，李律就感到激动不已。有时候，李律甚至以为，假如唐雪秋撒手不管了，他自己能不能坚持下去都值得怀疑。每季度的明察暗访已经结束，出色的数据颇令各方满意。唐雪秋终于闲了下来。只是潘副主任还时不时到办公室抒发振奋的心情，好像全乡的育龄妇女都和他有关一样。只要潘副主任一到，必定会寻找借口支开李律。潘副主任这个像鬼一样的人不知道，他已经严重干扰了李律重大计划的顺利实施。李律站在走廊上，寻思该如何支走潘副主任。他转身到另一幢办公楼，进入二楼陈主任的办公室。陈主任恰好不在。李律赶紧给潘副主任拨了一个电话，等到他接听电话时，又重重地甩上电话。李律接着朝办公室优哉游哉地走去，果然在途中遇到了匆匆赶来的潘副主任。

潘主任。李律打了个招呼。

潘副主任没有应声，而是沮丧着脸，疾步上楼而去。

关于生二胎的事情，唐雪秋这个局外人确实保持着足够的热情。唐雪秋的热情很难说是唯恐天下无事的心态作祟。明察暗访后的懒散还在乡里扩散，几个同事索性到宿舍搓麻将去了。乡里安静极了，只有窗外小鸟的啁啾才能打破这份安静。此刻，李律和唐雪秋正在讨论如何确保生下的是个女儿的问题。唐雪秋说到了个人生育史，从不得不两次堕胎开始，附带诅咒了一下她的婆婆，却绝口不提她的丈夫。李律竭力回想那个曾在婚礼上有过一面之缘的男人，最终一无所获。就这一点而言，可以确定唐雪秋的丈夫绝非帅哥之流。唐雪秋侃侃而谈，李律很久之后才明白这一漫长的引子仅仅是为一位老中医的出场做铺垫。唐雪秋神神道道地说，这位大山深处的老中医几近神奇，闭目凝神之间，便可对来访者的脉象和病症了然于胸。从六年前顺利生下儿子算起，至今她已为十七个亲朋好友推荐这位老人，成功率几乎达到百分之百，只有一个没有生下儿子，但被证实为无法生育。唐雪秋简单的大脑向来喜欢对事物做出夸张的描述，这一点李律早就领教数次。李律先前也曾在网上留意过所谓的中医秘方，然则网络虚虚实实，无从考察其可靠性。他还曾查看到一种变性针的传说，就是即使怀上的是女儿，也可以打上一针变成儿子。这一做法李律是断断不敢尝试的，假如生下了一个不男不女或又男又女的孩子，后果不堪设想。因此，如果没有更为妥当的方式，尝试一下流传已久的民间偏方也未尝不可，何况那瓶自制的“避孕药”也急于登场亮相了。李律颇为憧憬邵芳安心服用“避孕药”的情形。当然，当岳母大人亲手熬制生女儿的民间偏方时，邵芳所能知道的，也仅仅是几服降火中药而已。就像对吃素一样，岳母大人对中药向来也是情有独钟。

慢点喝，慢点喝，别呛着啦，现在知道老喝酒不好了吧？

李律露出狡黠的笑容。他仿佛可以看到邵芳皱着眉头，大口灌进生女偏方的样子，不禁升腾起一股难以名状的快感。坐在对面的唐雪秋的理解是，李律正沉浸于饱含感激的兴奋之中。这一兴奋的情绪立即传染给她，进而延伸至寻访老中医的路上。二人说走就走。唐雪秋坐在李律的车里，已经开始为他该如何报答自己犯愁了。从语气判断，好像任何物质的回馈都是微不足道的。不管李律提出何种饰品或衣物，都没能满足她的胃口，不过招惹了这个女人的一小顿捶打而已。唐雪秋说，李律，你把我当成什么人了？我有这么俗吗？李律实在很难揣测唐雪秋如此兴奋的来由。假如不是出于获取生女偏方的急切心情，李律倒是很想就此和唐雪秋深究一番。他不由得回想起当初以枕头来指代唐雪秋的单身日子。平心而论，尽管李律现在并不存在内分泌失调的问题，但是他对唐雪秋身体的渴望，几乎没有中断过太长的时间，毕竟思想犯罪并不算是犯罪。

车子在山路上几经辗转之后，在一棵大榕树下停了下来。李律拎着唐雪秋购买的两袋水果，走进了一个石头垒砌的小村庄。远处稻田里一缕青烟袅袅升起。一个背着柴火的佝偻老人从身边走过。道路的两旁散发着牛粪和鸡屎的气息。李律跟在唐雪秋的身后,走向一面覆满青苔和杂草的断壁残垣。低矮的瓦房阴暗而潮湿。当李律跨入那扇老宅门的时候,忽地感到背脊上一阵冰凉。邵芳好像正在背后看着自己。邵芳的目光带着彻骨的寒意。因此,李律感到自己跨出的每一步都充满了勇气。事情终于到了无可挽回的地步。是的,从现在开始,重大计划的成败将无须过多考量邵芳单方的意愿。行,就行;不行,也得行。作为一个男人,在第三人面前维护好自己的尊严,那是相当重要的。

此后的事实表明,与其说李律见到了一位传说中的老神医,倒不如说是见到了一个告老还乡的算命先生。老人正躺在屋檐下的一张藤制躺椅上闭目养神,和煦的阳光照射在他银灰色的胡子上。他被皱纹掩盖的细小眼睛似乎仍然有着敏锐的洞察力,立即看出李律是一个有事相求的男人。最初李律有些拘束,他弯腰立在老人身边,一味地依照老人的指示,报上八字,摊开左掌。唐雪秋不知道从哪里搬来了一把矮椅,仰起脸,专注地看着老人不怎么睁开的眼睛。老人捋着胡子,不时点头浅笑,越发显示出他对李律命运的了然于胸。重大计划此刻居然和命运产生关联,李律不得不表现出几分敬畏,尽管他并不十分清楚老人口中五行堪舆运行的奥妙,即使对个人命运的走向,也谈不上有多大的兴趣。但李律还是被老人所说他生命中几个柳暗花明的时刻牵引住了。老人郑重地告诉他，当下他恰逢其中的一个。这一结论使李律更加坚定了必胜的信心。唐雪秋始终像一个认真听故事的小女孩一样安静地坐着。李律意外地发现，唐雪秋注视老人的眼神，居然与注视自己时有几分相似。

很长时间，李律都无法切入正题。

他向唐雪秋传递了一个眼色，但唐雪秋却示意他认真听讲。对李律冥冥注定的命运，唐雪秋似乎比李律本人还要关切。李律开起了小差，他发现老人的中堂整洁严正，两把太师椅分立茶桌两侧，其上悬挂着两幅颇具民国风范的先人遗像。看来，这个孤寡老人真的不是一个普通的孤寡老人。

唐雪秋说，周老先生，我们还有一事相求。

老人说，我看这位先生所求的是一包草药吧？

唐雪秋连连说，正是，正是。

老人笑着说，你们自己去取便是。

老人张开手臂，手指指向东厢房，接着又自顾闭目养神了。

东厢房里立着一排很长的中药柜。李律看到门口的柜台上有一块镇尺，镇尺压着一张纸条。李律取出纸条，见到从右到左竖写着几行庄重的魏碑体楷书：

熟地，十五克；当归，十克；川芎，六克；炒白芍，十五克；女贞子，十五克；覆盆子，十五克；金樱子，十五克；枸杞子，十五克；车前子，十五克；砂仁，六克；炙甘草，六克。

唐雪秋凑近李律说，我说老先生神吧？

李律说，你注意到老人的中堂挂着的遗像了吗？

唐雪秋问，怎么了？

李律说，我好像见过那个人。

唐雪秋说，你可别吓我。

李律说，在市志上有这张照片，哦，对，是周味温先生。

唐雪秋问，他很有名吗？

李律说，是民国时期一个潜心修佛的学者，就像李叔同一样。

唐雪秋问，李叔同是谁？

李律一时语塞，调侃地说，是民国时期一个潜心修佛的学者，就像周味温一样。

李律忐忑而兴奋地抓着一把把草药，放到秤盘上称重。忐忑而兴奋，这种感觉和他当年初为人父的感觉如出一辙，以至于他感到女儿的气息也已经存在于药房中。有那么几个瞬间，李律甚至感到自己正怀抱着一个啼哭的女婴。

从老宅里出来，李律还是充满依恋之情。夕阳西下，使一切都带着暖意。走在山间的小路上，李律很希望能和唐雪秋安静地牵手逛上一会儿，聊聊生活以及对未来的憧憬。无奈直到走到小车跟前，李律的手连一点尝试的意味都没有表现出来。李律所能做到的，仅仅是放慢行车的速度。他遗憾地想，道德之所以还在一个人身上发生效力，只不过是为了证明一个人的怯懦和可怜。

七

看起来，一切正朝着一个美好的方向发展。邵芳升职了。升职带来的愉悦很长一段时间都伴随着她，以至于对待李律的态度也有所好转，一家三口还逛了好几趟中心公园。李律原本担心邵芳频繁的应酬会对孩子造成不良影响，但自从升迁之后，邵芳无论是在喝酒的次数还是量上都明显减少。毕竟升职后享有更多的行动自由，绝非之前可比。或许邵芳对自己的严格要求仅止于此，那是再好不过了。李律现在需要集中更多的精力，观察“避孕药”和“降火药”是否在邵芳身上产生了功效。事情的发展毫无纰漏可言，以邵芳的智商也没有察觉她貌似无聊的丈夫正过着一种十分紧凑的生活，其状态堪比私家侦探。李律经常深情款款地注视着邵芳，以检查一下邵芳的精神面貌，比如有无出现萎靡不振、昏昏欲睡等现象。虽然有时邵芳也会觉得有些别扭，但还是错误地认为是最近加强护肤和减少熬夜起到了效果。除此之外，李律还增加了上厕所的频率，有事没事就去翻一下垃圾桶，目的是看一看邵芳有没有来红。有一次，李律的手刚伸向垃圾桶，邵芳突然推门而入。他赶紧缩回手，邵芳诧异地打量着他，脱口而出说：

神经病。

我有张会议通知单丢了。

这一画蛇添足的反应与李律平常的形象相差甚远，他从未参加过除单位之外的什么会议，而且所谓的会议通知单在实际运行中也根本不存在，所幸这并未引起邵芳的注意。或许神经病才是她心目中李律的形象。日子一天天过去了。李律已经非常确定，邵芳以往正常的生理周期延迟了，延迟多久尚不可知。生女计划到了最关键的时刻，真正的挑战即将来临，李律又陷入惶恐。他还产生了中途放弃的念头，并打算主动告诫邵芳以事业为重，选择堕胎。当然，更多的时候，是在脑海中浮现那位深山中的老神医的神采。假如老人中堂悬挂的照片确系周味温本人，那还真算得上是名门之后。既然是名门之后，其所言的可信度便大为提升。李律也十分期待与邵芳一同前往小村庄，让她相信天意的安排，以及天意是何等的不可违背。看得出来，邵芳是喜欢女孩的。李律曾经多次看到邵芳对着女孩的照片会心一笑或黯然神伤，尽管这些都市女孩的生活背景与她的童年相去甚远。

女孩的照片仍然可以成为突破口。因此有一天，在邵芳正在看照片的时候,李律走到了她的身后。

他说,要是我们也有个女儿,该多好。

邵芳没有作声。

李律接着说,要不我们再生个女儿吧?

邵芳微微一笑说,你有这个胆吗?

李律从背后搂住邵芳说,我们互相勉励嘛。

邵芳拽开李律,从嘴角哼出三个字:

神经病。

这一简短的对话无法显示邵芳的明确态度。也可以这么说,截至目前,邵芳并未认真思考过生女儿的问题。使她考虑问题的唯一办法,就是让她知道自己怀孕的事实。邵芳的生理期至今没有到来。从精神面貌来看,这几天她好像真的有点萎靡不振、昏昏欲睡,还赖床了好几次。李律曾趁机主动请缨代送儿子,全部归于失败是因为儿子极不乐意,吵闹不止。诸种变化均未引起邵芳的注意。现在,李律和邵芳躺在床上。他又想起了心上的那块石头。他这次对邵芳严正声明,石头正在下坠,如果一不小心掉到右心室的话,那是一定会心肌梗死的。邵芳没好气地说,你胡说八道的时候是不是先掌握点医学知识?李律对此置若罔闻,他向邵芳提议,是不是一起去做个体检,尤其是B超。从生理学上讲,成年人从二十七岁开始身体机能就会逐年下降,而生活环境又是如此糟糕,一年一度的体检绝不能满足现实的需求,单位里多次传出某人身患绝症的消息便是明证。邵芳安静地听着。最后，她白了一眼李律，钻到被窝里去了。

我是认真的。李律觉得自己是在对空气说话。

李律意识到，等待邵芳自己发现怀孕的事实，可能是更为合适的办法。到那时，邵芳势必需要找人商量，自己身为丈夫，当然是不二人选。因此，当下更需要准备的紧迫任务，是如何让邵芳下定决心生下二胎。为此李律专门记了许多笔记，长达十余页，内容涉及天意的安排、违法生育的个案、各种可行的渠道以及对生活带来的诸种好处等。为周密起见，还就和邵芳的对话细节也做了可行性设想。甚至对女儿的户籍问题，李律也有了万全之策，即挂在哥哥李纪的名下。李纪是一个农民，至今还没有法律规定，农民在违反计划生育政策后不能种地。在这样一个可谓天衣无缝的计划面前，李律实在很难想象邵芳拒绝的理由。客观来讲，他现在只对时间流动得如此缓慢感到无能为力，私家侦探的状态仍要延续下去。他渐渐发现，邵芳好像自己也感觉到了身体出现的某些变化。有一次，她对着瓶瓶罐罐发了一会儿呆。有一次，她在熄灯之后，偷偷地把手伸向乳房，不是自慰，而是在测量着什么。还有一次，她独自站在梳妆台前，拉紧睡衣，上下打量了很长时间，不像是在欣赏体形，更像是在观察腹部。

李律走了进来，故作无心地问道：

看你怎么像是有啤酒肚了？

邵芳没有理会李律，而是坦然地松开了睡衣。

不是啤酒肚，该不会是怀孕了吧？

邵芳怔了一下，说，怎么可能呢。你不上网了？

李律说，儿子要打游戏。

邵芳愠怒地说，你怎么可以让儿子玩游戏？接着走出了房间。

李律无法证实，是不是这次对话提醒了邵芳。她出差了。出差回来开始推辞应酬，无法推辞也滴酒不沾。邵芳对此在电话里的解释五花八门，明显均为托词。但她也没有向李律说明什么。另一个更为难以启齿的变化是，邵芳拒绝李律近身。无论李律如何央求，邵芳一概采取闭关政策。邵芳还在服用乌鸡白凤丸，这是李律叫儿子翻邵芳的皮包时见到的。李律隐隐感觉到，事态的发展已经掉转了方向。日子依然在一天天过去。他绝望地发现，即使邵芳身上曾经有过某些征兆，那么它们也已经夭折了。一段时日之后，邵芳还精神抖擞地邀请几个曾经的闺密到家里搓麻将。现在看来，邵芳为期一周的行程十分诡秘。如果旅游是公差的题中应有之意，邵芳不至于对旅游的景点都语焉不详，也没有留下一张照片。当然，李律无论如何都不愿相信，邵芳会背着自己堕胎。这也绝不是一个正常的妻子所为之事。他决定，去找一个同学帮忙查一查。他想，只要邵芳口中的出差地和身份证登记地一致，此事就不再追究。他认为自己留给了邵芳最后的机会。

同学对查询身份证登记记录驾轻就熟。邵芳口中的出差地和身份证登记地并无出入。只是李律顺带发现了邵芳另外几次开房的记录。李律的脸色登时煞白，拖动鼠标的手也颤动不已。那个夜晚邵芳的抽泣和肘击非常清晰地闪现在眼前。但是在同学眼里，这样的结局是理所当然的，因此他接下来冒出的几个字就像是早就准备好了的：

兄弟，节哀顺变。

别误会，我和邵芳是有去开钟点房的，那样更刺激点。

李律对自己迅速恢复清醒还是满意的。

八

很久没有在乡里过夜了。自从结婚之后，李律即使值班也会伺机溜走。值班电话已经转接至当班领导潘副主任的手机，一群同事正待在某个房间搓麻将。李律靠在宿舍的阳台上，突然萌发越过右边隔离护栏的念头。那样，就会抵达唐雪秋宿舍的阳台，然后开窗而入，进入她的房间。李律希望可以躺在唐雪秋的席梦思上度过这个夜晚。这一念头勾起了他尘封已久的记忆。这消逝的青春岁月啊。他这么叹息着，燃起一根烟，又烦躁地掐灭了。他呆呆地注视着大半根香烟下坠的过程，感到自己已经失去了完成任何肢体动作的耐性。身体的内部正在发酵和溃烂，极有可能变成一团腐肉。李律打算就这么一直瘫在阳台上,直到天亮。截至目前,他和邵芳的正面冲突尚未发生。他曾经设想各种质问的方式,无奈看到的都是邵芳一脸漠然的表情,或者伴随着冷笑。以邵芳的智商,李律或许永远不可能听到理屈的解释。因此李律决定,与其主动进攻,不如被动等待。邵芳迟早是要向自己询问长久不回家的原因的。到那时,他将不卑不亢地说:

你真的不知道原因吗?你就从来没有愧疚过吗?

但实际发生的情况是,李律在第二天傍晚就主动向岳母大人坦白,这几天将连续加班。尽管“加班”这两个字眼和他谈不上有什么关系。倒不是说李律从不加班,往年的抗台、抗旱以及前几年的非典、禽流感,他也是混迹在同事之中的,只不过仅仅是凑凑热闹而已。唐雪秋是单位加班最多的人。唐雪秋在百忙之余,仍然不时关心李律重大计划的进展情况。她似乎已经觉察出李律情绪的微妙变化。当然,她不会知道个中的原因所在,她所关心的,主要还是围绕李律行不行的问题。唐雪秋问,知道自己不行了吧?唐雪秋问,要不要去看下医生啊?唐雪秋问,真的有这么严重吗?等等问话不一而足,李律一概以讪笑回答。他十分清楚,未来的女儿不幸夭折,已成不争的事实。但是以何种方式告知唐雪秋这一事实,他一时还拿不定主意。

第三天傍晚,邵芳终于来电。

当时,李律正躺在宿舍里,虽未入睡,但仍有一种被惊醒的感觉。他当即决定,除非邵芳连续来电三次,否则绝不接听电话。但是铃声在第一次消失后就没有再响起,他又不禁有几分失落。李律看着未接来电中显示的邵芳的名字,发觉自己早就有了原谅她的准备。他感到自己仿佛伫立在一个十分遥远的地方,温和地或者只是冷漠地注视着正在发生的一切。他想到了李叔同、周味温、那个神奇的老中医以及一把把抓出来的中草药。但李律很快强行把自己从那个遥远的地方拉了回来。他闭上眼睛,使劲摇晃了两下脑袋。今晚,正是唐雪秋值班。他此刻急切地想和唐雪秋谈谈。他将不再忌讳发生任何事情,这是原谅邵芳毋庸置疑的交换条件。

唐雪秋正独自坐在办公室里,埋头整理着报表。这个与升职无关的女人总是这么兢兢业业而毫无快感地工作着。李律走进来的时候干咳了两声。唐雪秋抬起头。他接着瘫坐在她的对面。他的眼睛因为哈欠还残留着几滴泪水,渲染了一种颓靡沮丧的状态。他已经两天没有刮胡子,头发和眉毛也异常蓬乱,外套的衣领一侧内翻、一侧外翻。

唐雪秋问,你这是怎么了呀?

李律说,陪我出去走走吧?

唐雪秋问,到底怎么了?

李律说,出事了……邵芳出事了。

这一重大机密的泄漏,立即引起唐雪秋的兴趣。李律打算把唐雪秋带到一个鲜有人迹的地方,她果然跟了出来。他观察着单位大院的灯光，潘副主任办公室的灯居然也亮着，他赶紧加快了步伐。李律和唐雪秋一起走在沿着溪流的小路上。这个小乡镇的晚上通常没有什么行人,灯光也是稀稀落落的。

李律并没有和盘托出的打算。甚至他所想象的谈心内容,和邵芳也没有什么关系。是的,邵芳确实是出事了,但具体到是哪一类妇科病无须明了,只要不被误解成是性病就行了。问题在于即使在如此宁静和谐的背景里,李律也很难寻找到谈心的自然状态。两人在很长一段时间,都是默默地行走着。唐雪秋在等待着李律说什么,尽管李律的犹豫不决,更加撩拨了她内心的好奇。

沿着溪边小路一直走下去,在行将转弯的时候,有一片小树林。走到小树林的深处,就可以再看见溪流,溪流里碎石成堆,也有几块平坦的大石头,正适合行人驻足休息。

李律和唐雪秋一起坐在大石头上。二者身体之间大约尚有五十厘米的距离。李律在心里盘算着,只要稍稍挪动一下身体,搂住唐雪秋的腰或手搭在她的肩上不成问题。唐雪秋按捺不住地问,到底出什么事了?李律说,看来女儿是生不出来了。唐雪秋笑着说,邵芳不同意吗?李律说,不,她倒也很想,就是……她不能生。唐雪秋惊讶地问,怎么了?李律张望了一下,凑近她的耳朵说出了邵芳患有妇科病的“事实”。李律未曾料到,唐雪秋如此轻松就化解他的尴尬。她责备李律说，邵芳之所以患上妇科病，责任不在邵芳，而是在他李律自身。她很早就发现李律不讲卫生的毛病了，随便挖鼻屎，衣服都是皱皱巴巴，有时小便后还不洗手……

你是怎么发现我小便后不洗手的？

两人都咯咯地笑起来。但这个夜晚轻松的氛围很快被忧伤所取代。唐雪秋扯到了婚姻问题。和李律之前的推断大致不二，唐雪秋的婚姻果然不幸福。她之所以绝口不提自己的丈夫，不是刻意回避，而是根本不屑于一提。这个让她失望透顶的男人是死是活均不重要。李律其实不想深究唐雪秋丈夫的所作所为，这不是他所关心和在乎的。皓月当空，流水潺潺，晚风萧瑟。李律稍稍挪动了身体，此刻他和唐雪秋的距离，不足三十厘米。李律的手指触碰着岩石，一点点探向唐雪秋。

你说我是不是该离婚呢？

唐雪秋的这个问题让李律陡然一惊。他的手指不得不原路返回。他看了看唐雪秋。唐雪秋白净的脸在月光的映衬下，变得惨白。

身后的草丛发出唰唰的声响。李律不知道，邵芳正从一辆豪华商务车里走出来，走进这片小树林。邵芳走得异常平静，直到走到李律身后，站了好一会儿，才唤了一声，李律。李律没有听见。邵芳又叫了一声，李律！这时他才回头看见了邵芳。他好像首先看到的是邵芳嘴角的一丝冷笑。接着邵芳背过身子,回到马路。邵芳没有选择坐回商务车。邵芳是一路朝单位走去的。邵芳不愧是一个冷静的女人。在如此重大的变故面前,她十分清楚,李律的小车停在单位大门的溪流边。

商务车没有离开。李律随手抓起一块石头,大踏步走上马路,猛地砸向商务车的挡风玻璃。里边的男人显然毫无防备,因此几乎是连滚带爬地从车里出来的。李律抬起脚,一脚踩在男人的脸上。接着他听到男人的哀号声:

兄弟,别踢,别踢,我是潘主任,潘主任。

九

李律待岗了。

待岗的理由,主要是基于平时表现,与所谓的八卦传闻无关。李律将有三个月时间不用上班。他每天的安排,就是睡觉、逛街、睡觉、逛街。就连李律本人也不清楚他在街上逛什么,甚至于在逛哪条街上都不清楚。邵芳没有再回家。李律在拨出数十个电话后放弃了解释的打算。他也没有再去岳母家,最后连他自己都觉得无颜再见岳母。东部女孩的照片也全都撤下了。因为无处搁置,他又找到那位摄影师,无偿地送还给他。整座房子由此显得更加空荡荡了。直到有一天,李律觉得有必要增添一点什么,他才显出一点逛街的目的性来。经过一段时间的搜寻,李律在一家家具店门口停了下来。他看到了里面一面长方形的全身镜。接着他把它搬回了家。

现在,这面镜子安插在两张沙发的中间。李律靠在沙发上,看着镜中的自己,他仿佛是分离出的另一个李律。

李律说,你好。

李律说,你好。

李律说,有一个问题,你可不可以告诉我?

李律说,你说吧。

李律说,你觉得邵芳有没有怀孕?

李律说,现在说这些没意义了。

李律说,你觉得邵芳怀上的是不是女儿?

李律说,兄弟,这些真的没什么意义了。

李律说,邵芳真的会和我离婚吗?

李律说,兄弟,没有必要再纠结这些了。

李律说,你说到底是她对不起我,还是我对不起她?

李律说,人与人之间没什么对不起对得起的。

李律说,要不我去找找唐雪秋吧?

李律说,兄弟,你觉得这样做合适吗?

李律说,那么,兄弟,你说现在我该怎么办呢?

李律对着镜子陷入沉默。心脏的内部似乎真的有一种疼痛感。但是李律没有稍稍调整姿态。他正在等待时间抵达某种静止的状态。最后,他睡着了。

闪蝶

一

他兀立在窗前，看着黄色的灯带在樟树上闪烁。白日里沉郁的绿忽而变成鲜绿，忽而一团昏暗。从二楼透出的目光不需要高楼就被阻断了。两棵银杏树把目光带向天空。有一抹云像是穿过一条逼仄的河流。期待一两颗星星的出现简直是一种奢望。于是他的目光又回到地面。马路上的车辆拥堵在一起。一辆三轮车局促地停靠在“金色年华”的门口。门内的廊道上有一排明亮的水晶吊灯在迎接从三轮车走出的女人。女人灰色大衣的下方露出一截玉色。玉色跟随一双殷红的高跟鞋摆动着。他分辨不清那是丝袜还是小腿的颜色。他好像听得到高跟鞋踏在大理石地砖上发出的橐橐声。橐橐声被带入电梯后消失了。他的目光留在“金色年华”的廊道上。两个年轻的保安各自靠着廊道抽着烟。他看着一缕烟向水晶吊灯袅袅升起又倏忽消散。两侧锃亮的帝皇金大理石墙映照着彼此的纹路。烟头满地，地砖覆盖着一层泥灰色。“金色年华”出奇的安静。

他的目光离开廊道时不经意地落在一个女人身上。当发现女人也在翘首看他时，他稍稍偏移了视线。他疑惑女人如何突然出现在“金色年华”的门口。她让他怦然心动。他又朝她掠了一眼。他感到她仍在注视他，因此慌忙将目光移向“金色年华”的廊道。他以余光瞥见女人穿一件藏蓝色大翻领外衣，黑白相间的宽条纹针织衫遮住了小半截米白色铅笔裤，棕色全烫小螺旋鬈发蓬松地披在双肩。女人的身影像樟树一样忽明忽暗。他将目光再次迎向女人时暗下决心不再游移。二人对视了一眼，嘴角同时展露一丝浅笑。他感到她的目光和他一样带着淡淡的忧愁。忧愁拉近了他与她的距离，也拉开了她与其他出入“金色年华”的女人的距离。

他与她之间的直线距离是零点九十二米。自从刘雪离去之后，他时常丈量他与出入“金色年华”的女人的距离。有一天，他用一根登山绳测量了楼高和路宽，在进行勾股定理运算时还不忘加入从地面到眼睛的高度。零点九十二米是否是一段不可逾越的距离？他感到女人正在召唤他。女人挺了挺身子，使她被黑白相间的宽条纹针织衫遮蔽的胸更加饱满。松松垮垮的藏蓝色外衣烘托着她柔软的身材。零点九十二米是否是一段不可逾越的距离？他再也不想女人离开他的视线。那根登山绳就拴在书桌的一角。他一直以为租赁房时刻面临失火的危险。刘雪对此嗤之以鼻。刘雪不会想到今天登山绳会派上用场。他将登山绳抛于窗外,又朝女人笑了一笑。女人瞪大眼睛看着他,也许还是悬着一颗心在等待他。

他拍了拍手,从两辆轿车的夹缝中走出来。他把省略拐弯抹角的得意写在脸上,传递给女人。接着他闻到了从女人身上散发出的芬芳。芬芳再次拉开了她与其他出入“金色年华”的女人的距离。女人在他走到面前时低下头。微笑没有停止。微笑仍在招引着他。

“你好。”他找不到其他的问候方式。

“嗯,你好。”女人斜睨了一眼。

“刚才你好像一直在看着我?”他觉得自己应该轻浮一点。

“是你一直在看着我吧?”女人扑哧一笑。

两人都将眼往左瞥了一下,瞥回来时刚好又对视了一眼。

“可以陪我走走吗?”他的拇指揉搓着食指的第二关节。

“你是从对面商城二楼一单元二〇一室爬下来的吧?”女人像是在确证一个悬而未定的判断。

“你对这一带很熟?”他警惕地问。

“我可一点儿都不熟。”女人俏皮地说。

他勾住女人的腰时没有给她多少选择的余地。女人稍稍晃了晃身子就顺从了。两人就这样走进城市的夜色。他熟悉这座城市的每一条街巷。多年以后,他仍然缺少街头巷尾的朋友。他只有朋友的朋友。刘雪像是系在他与朋友之间的一个结,而这个结现在散开了。他想或许今晚也可以熟悉甚至占有眼前的女人的身体,只要他或者她不计较价钱。两人拐入一条悠长的小巷。路灯投射的昏黄的光像一条巨蟒的斑纹。他知道巨蟒的尽头是海,但他不知道如何与女人交谈。他对寻找暧昧的话题无能为力。他渐渐暴露出一个新手的紧张和笨拙。他手心的汗水穿透女人的针织衫、打底衫渗入她的肌肤。他感到这个夜晚如同刘雪的离去一样莫名其妙。

"嗨,我听见海浪的声音了。我们是在朝海的方向走吗?"

"是的,不过这里只能看见海涂。"

他在闲逛一个小时后的收获,仅限于将手掌从女人的腰滑向腹部,同时却要忍受手臂僵硬至发麻的不适。昏黄的灯光不见了。漆黑的大道上林立着一排排更黑的高楼。几个建筑工人装扮的青年吹着口哨迎面而来。他搂紧女人,手指透过针织衫感受到女人肌肤绵软的弹性。女人挣开他的手,加快了脚步。前面是一片木麻黄林。

"快走啊,我们就要看到海了吗?"

"穿过这片木麻黄林就到了。"

"木麻黄?不都说是马尾松吗?"

这里的人习惯称木麻黄为马尾松。他不知道木麻黄和马尾松之间有什么区别。他想也许真没必要区别清楚。他跟着女人穿过木麻黄林。海塘上空寂无人。女人迎着海风一路小跑,接着跳到堤坝上坐下来。他看到女人晃荡着小腿,海风吹乱了她的头发。在海涂的前方,混浊的潮水推搡着一堆白色泡沫徐徐前进。在白色泡沫之间,一只白鹭一跃而起,掠过海塘,消失在木麻黄林中。

“你是作家,对吧?”女人转过头,清脆地问。

“这不关你的事。”他也跳上堤坝,为自己难以隐藏的作家气质窃喜,“何况,我也不喜欢寻根究底的女人。”

他想他不能再浪费时间了。他的目光迅速排除夜色的干扰。他看到女人饱满的双唇如同两片含苞待放的水莲花瓣。他凑了上去。女人扭了扭肩膀,避开了。

“今晚可以一直陪我吗?”他加重了“一直”的发音,仍然担心没有表达清楚。

“嗯?”

“你放心,价钱不是问题。”他抬高嗓门,补充说。

“什么啊朱安,你把我当成什么人了?”女人责怪地问。

“你怎么知道我的名字,你是谁?”他惊悸地问。

“啊哦,我是刘雪。”

“你到底是谁?”

“朱安,怎么说呢,我也不太喜欢寻根究底的男人。”女人幸灾乐祸地笑起来。

他试图追问下去，但女人没有给他选择的余地。女人挑衅地仰起脸，闭上眼睛。他握紧拳头，接着无可奈何地摊开手掌，一把捧住女人的脸颊。当他含上那两片水莲花瓣时，心跳却愈加厉害。

二

现在，女人已经离开了。他酥软地躺在床上，几乎用尽所有的想象力，也无法使怀抱的枕头达到替代女人的效果。女人是在天蒙蒙亮时离开的。手机屏幕的微光照亮了她的侧脸。她的侧脸像一尊透明的玻璃雕塑。他半闭着眼睛窥看女人穿上衣服，期待她临别时瞥上他一眼。他随时准备闭合的眼睛直到女人推门而出也未能如愿。他若有所失地睁开眼睛。他感到昨天夜晚始终有一首激昂的乐曲在演奏，而身下的硬板床从未有过如此猛烈的颤抖。但是他在探寻女人的身体时，眼前总会闪现刘雪的身体。他甚至会产生女人的身体是虚构的而刘雪的身体是真实的错觉。他闭上眼睛，隐约看到一个浑身冒汗的自己。那是一段渲染着红色的记忆。隔壁宾馆的房间传来阵阵喧哗声。他看到身下的刘雪正为他擦拭额前的汗珠。刘雪的眼睛清澈见底。

“我会了。”过了好一阵子，他激动地说。

从窗缝透进来的寒风阻断了他带着余温的记忆。他抱紧枕头，再次陷入对女人的幻想中。他从床头柜抓起化妆镜挤眉弄眼了一番，确信自己与帅哥相去甚远。他终于意识到屁股下方有一件冰凉的异物。他从被窝里摸上来时吓了一跳。他无法想象这沓文稿昨天夜晚遭受了怎样的蹂躏。他宽慰自己让一沓文稿亲历一段艳遇也算是命定的安排。他掀起被褥，看见钢笔在床单上渗开了一摊墨渍。墨渍就在他屁股的位置。他随后扭头看见屁股也被墨渍染花了。他苦笑了一声，接着看见刘雪靠在床头，一只手将文稿搁在床头柜上，随意地抽取一根烟，另一只手拾起一面化妆镜。

“真奇怪，你写的就都是这些乌七八糟的东西？”她语气平和，听得出嘲谑的意味。

“现在我不仅是写，我也做到了。”他对着墨渍说。

他感到内心升腾起一股报复得逞的快感。他诧异于想到“报复”这个词，他想也许“追偿”更为合适。女人打开了刘雪之外的世界。此刻他决定用一整个周末的时间，来回味女人以及女人的身体。事实上，他还是把更多精力消耗在女人的身份上。

“你说她会是谁呢？”

“难道她真不是‘金色年华’的‘小姐’？”

“她没声没息地就走了，你说能是‘小姐’吗？”

“有没有这种可能，是刘雪在考验你？”

“兄弟啊，刘雪什么时候变得这么无聊了？”

“那就是刘雪在怜悯你。”他斩钉截铁地说。

他裹着被褥走到窗前，试图看到刘雪在“金色年华”门口为他物色人选。女人和刘雪之间可能存在的雇佣关系让他振奋不已。他又拨打刘雪的电话。他想告诉她，她为他带来了一个美好的夜晚。

“对不起，您拨叫的用户已关机。”

他再次见到女人，伴随着电视发出炸裂般的声响。那台从旧货市场收购的十二寸黑白电视，他原本已经忽视了它的存在。因此当它重新发声的时候，就像是复活了一样。女人拎着好几个袋子。她把它们搁在茶几上。他看见有一个袋子露出了半截四季小白菜。

“怎么一个台都没有？”女人拍了拍电视壳。

“你是怎么进来的？”

女人举起左手，一串套在食指上的钥匙发出沙沙的声响。

“你竟然偷走了我的钥匙？”

“你最好听话点，不然我就把你反锁在这里。”

女人径自坐到沙发上。他看着女人玻璃雕塑般的侧脸在房间里转动，最后变成棕色小螺旋鬈发的后脑勺。他为自己在刘雪离去之后从未清扫房间感到羞愧。他甚至连玻璃碎片都懒得打理，他曾经因此划破过脚趾和脚掌。墙上悬挂着许多张刘雪的照片。有一天，他决定击碎它们，用女人手中的那串钥匙。他坐在床上，测算相框的方位，将力气凝结于钥匙上，使之沿着目光指向奋力直线前进。相框玻璃破碎得十分干脆。他在短促的“哐当”声中收获了难以名状的快感。他想他早该销毁与刘雪有关的一切了。房间里充盈着刘雪的气息。刘雪的照片、衣物、化妆品、日用品等都留在原来的位置。刘雪离去之前晾在阳台上的内裤和文胸在随风打转，它们干瘪的形象平添了几分萧瑟。他感到他在女人面前暴露了自己。他感到女人已经流露出鄙夷的神色。女人就要挖苦他了。

“抱歉，还没来得及销毁吵架的证据。”他抢先一步说。

他看着女人离开沙发，挪了几步，把脑袋埋在书柜前，取出一本书。

“是没来得及销毁怨恨的证据吧？”女人回过头，“不过，你是该捋一捋自己的情绪了。”

他从阳台拿来抹布和扫帚，收拾地上、桌上和书柜上的玻璃碎片。内心的波澜被麻利的动作掩盖了。他把刘雪的衣物捆成几大捆，把化妆品、日用品通通装入纸袋。他甚至想将刘雪送他的衣物也一并打包，最终作罢是因为他的衣物大多是刘雪购买的。他将它们拎到楼下时看到物业管理处。他灵机一动，递上一百元，和一个老头谈妥了一笔保管协议。“扔得一干二净。”回到住所时，他这样对女人说。他希冀女人看他几眼，看到他决绝的态度。但是女人的目光没有脱离书柜立面六平方米的范围。他不觉得她会是一个喜欢看书的女人。他走到书柜前，蹲下身子，借着从书柜抽屉取出钳子的机会斜乜了她一眼。女人正专注地盯着某本书，也许根本无所谓他扔掉或者不扔掉什么。

他站起来，取下一个空相框，用钳子夹出墙上的无痕钉。

“取下来干吗？空着就空着呗。”女人瞟了一眼说。

“空着不太合适吧？”他试探地问。

女人抬了抬眼皮。他跟随女人的目光打量着墙壁上一个个空荡荡的相框。女人的目光接着落在硬板床的上方，那是唯一留存内容的相框。相框里装着一只蝴蝶标本。女人走过去，把书本扔到床上，扔在那一摊墨渍边。女人终于看到了那摊墨渍。她噘了噘嘴，接着取下蝴蝶标本。她用双手捧着它，一副爱不释手的样子。

“真漂亮。”她啧啧赞叹，眼里闪耀着动人的光芒。他在刹那间又看到刘雪目光里的光芒。“真漂亮”，刘雪当初说出的也是这三个字。他怔了一怔，走到女人面前。

“这是戴安娜闪蝶。”

“戴安娜闪蝶？不会和戴安娜王妃有关吧？”

她脱口而出。他遗憾之前没有查询关于戴安娜闪蝶的资料。他不是收藏蝴蝶标本的爱好者，他只是碍于刘雪才买下它。他甚至没觉着绚丽的戴安娜闪蝶和十二寸黑白电视机有什么区别。如果它不是待在硬板床的上方，也许已经像刘雪的照片一样被他击碎。

“你可以把戴安娜闪蝶送给我吗？”

他犹豫了一下说：“我总得知道送给谁了吧？”

三

女人的气息很快替代了刘雪的气息。他为女人购置了几套色彩斑斓的衣服，以填补衣柜的空白。他窥视过女人带来的化妆品。他确信它们的形状和颜色与刘雪的是不同的。他喜欢看女人四脚朝天霸占着一张床睡觉的样子，喜欢看她张大嘴巴无所忌惮的笑容，喜欢看她为烧一盘菜来回奔忙于电脑前和小厨房。他渐渐养成饭前小酌几口青梅酒、玫瑰酒、桃花酒的习惯。它们是名副其实的“花酒”。他端详着在酒壶和酒杯之间流动的水柱，接着水柱进入口腔，润湿舌头、食道和胃脘，余香在周身蔓延。当女人恬静地翻着一沓文稿时，他感到她就是从他的小说中走出来的。

女人的到来改变了他的生活。他雀跃的步伐使单位到公寓的距离至少缩减了五十步。是秋冬季节冷缩的地表拉近了人与人之间的距离？他在刘雪离去之后第一次产生了倾诉的冲动。他拨打高登的电话。他想起他与高登的初遇几乎和与女人的初遇一样诡异。几年前的一天夜晚，高登以一个醉鬼的身份闯入他的住所。当时，他面对醉鬼失去了起码的警惕，高登就这样在他的硬板床上折腾了一个夜晚。他稀里糊涂地坐在地板上。次日中午，高登才醒来。

“这位朋友，你坐在这里干什么？”

“你怎么会有我家的钥匙？”

“哦，对，我好像是搬走了，你连门锁都没换过？”

“你搬走不止两三年了吧？”

高登伸了伸懒腰，打量了一下房间，从床头拿起一沓文稿。

“嘿嘿，你还是文学青年？我是高登。”

“你就是高登？”他不无失望地问。

“如果我住在这里，一定会对你的写作有莫大的帮助。”

“可是我有女朋友。”

“没关系，我不会打扰你们的。”

后来他得知高登刚刚经历了一场婚变。一段时间之后，高登离开了这座城市。他记得那段日子高登时常指着“金色年华”大放厥词，然后带上一瓶白酒消失得无影无踪。他怀疑如果没有高登的指引，他就不会发现这个翘首以待的女人。他滔滔不绝地向高登描述他与女人的奇遇。他感到他的嘴巴在恢复了接吻的功能后又恢复了说话的功能。他希冀高登判断出女人的来路。

“这无关紧要，一个来路不明的女人为你烧菜做饭，总比刘雪为你烧菜做饭有意思。”高登在手机那头展示了一个过来人处变不惊的淡定。

“可是我觉得很重要，否则我很难信任她。”

“男女之间上床睡觉就是信任。就算是一场交易，也是基于信任发生的。”

“你觉得她为什么会找上我？”

“这一点确实难以理解，不过，如果她是精神病患者或是艾滋病病毒携带者，就另当别论了。请问，你是直接进入还是间接进入？”

“你说什么？”

“我建议你们先去趟医院。”

高登似乎被自己的幽默折服了，在手机那头无休止地笑起来。他无法容忍高登再胡扯下去了。他挂断电话，环视了一圈自己的住所。他想他需要带着女人离开这一逼仄的空间。他需要确认一下女人是否愿意将两人的关系大白于天下。他没有带她去医院，而是去爬了一趟山。他为她准备了一套紫罗兰登山服，以便与橙红区别开来。他把拴在书桌角的登山绳取出来，从书桌底拉出帐篷包。他选择了一条熟悉的线路。这条线路每个周末都会有一群群从四面八方赶来的“驴友”。

“陪我一起去看日出吧。”

他看着女人。他看到女人的脸上写满新奇。女人没有犹豫就答应下来。他们就这样出发了。女人似乎从未有过野外登山的经历，紧绷的身体在攀爬中连带出一连串笨拙的动作。他多次将登山绳捆缚于女人的腰间，尽管这条线路并不存在生命危险。他们与一支庞大的队伍不期而遇。他以为女人会像刘雪一样融入那支队伍。她没有。她一味地追随着他的脚步。那些贴附崖壁行走的紧张、化险为夷的喜悦似乎都是为他展露的。他们一起在阳光下行走，在广阔的天地间行走。他为此感到温暖。他想他与女人的关系一定会进入一个新的阶段。也许很快，他就会知道她的故事、她的生活以及她的朋友。

他们登上需要攀登的最后一座山峰。他喜欢站在一座山峰眺望一座座山峰，眺望它们被岩石风化的孤绝或被云林遮蔽的隐逸。他会想象千百年来无数双注视它们的眼睛，想象那些眼睛投射的目光和他的目光重叠在一起。接着，他把目光投向大海，以及将大海和天空连接在一起的海平线。

"你看，那就是海，明天，太阳会从那里升起。"

女人的目光追随着他的手指探向远方。

"海上的日出很壮观吧？"他身后突然冒出一个白白胖胖的男人。

"是的，很壮观。"他扫兴地说。

"晚上会不会很冷？"白白胖胖的男人仍在不识趣地套近乎。

"他们应该安排了篝火晚会。"他转过脸，不再理会白白胖胖的男人。

夜幕降临，他没有和女人参加篝火晚会。他们依偎在草坪上，沉浸在彼此的谈笑和沉默中。手电筒的射光在空气中形成一道光柱，光柱在两人的谈笑中静滞，在两人的沉默中打转。他们遥望着星空和月光，如同遥望着亘古不变的浩渺和静谧。有一段时间，他们谁都不愿干扰对方的沉默。

他把目光投向围绕篝火的人群，辨认着被篝火渲染的脸庞。他仿佛看到刘雪肆无忌惮的笑容。刘雪从未有过如此放纵的笑容。刘雪抚了抚胸脯，稍稍收敛住笑容，接着张大了嘴巴。他没有听到刘雪的歌唱。当刘雪闭上嘴巴时，篝火边的掌声和呐喊声莫名其妙地响起来。火焰加速了摆动。篝火燃烧得更加旺盛。橙红色登山服在篝火的映照下仿佛也烧着了。他看见刘雪歪歪扭扭地举着一听罐装啤酒朝他挥手。之后，灌装啤酒以一道迅捷的抛物线砸在他的大腿上。

“兄弟，别愣着，来听酒！”又是那个白白胖胖的男人。白白胖胖的男人朝他扭了扭屁股，淫邪的笑容使他警觉地搂紧女人。他没有去捡丢在草丛中的灌装啤酒。

“你想喝吗？”他对女人说。

“我不喝。”女人说。

“那我也不喝。”他说。

“你刚才是不是在想刘雪？”女人盯着他问。

“怎么会呢？”他虚伪地反问。

“你一定和刘雪来过这里，你想起了那一次和刘雪一起看日出，想起了那个夜晚的很多细节。”

他看着女人像月光一样柔和的目光。没有人可以对月光隐瞒心情。他只能以身体的温度回避女人的目光。他抱紧女人,顺势瞥了一眼篝火的方向。一阵风吹过来,星火纷飞。

“你说是不是不管我们跟谁在一起，都会不自觉地重复与最初的那个人的故事？”

“当然,毕竟只有那么几个姿势。”他感到自己恢复了镇静。

“你是不是一直觉得我知道刘雪的下落？”

他犹豫了一下,决定不作回答。

“不管你信不信,我什么都不知道。事实上,我根本就不认识刘雪。”

次日一早,两人如愿看到了海上的日出。

四

他没有告诉女人一个秘密，他时不时会拨打刘雪的手机。他已经习惯了听一听那句呆板的提示音,他也习惯了时不时接听刘雪的朋友的问询。没有人相信他的回答。问询仍在重复,而且渐渐失去了耐心,变得忧心忡忡或者暴跳如雷。最后连他自己也不得不相信,除非他承认杀死了刘雪,否则刘雪就一定还在他的生活中。

他蹲在单位的厕所里，打量着窗外弥漫的悬浮颗粒物。

它们一改常态的灰暗而成为诡异的玫红。那一早海上日出的澄净已了无痕迹。他的双腿因为蹲得太久而麻痹了。他向刘雪发出一条短信后艰难地站起来。他决定和刘雪做个了断。他拜托她如果打算分手,至少和她的朋友们知会一声。“请不要成为别人生活的雾霾。”他的态度近乎谴责,尽管他从未收到提示刘雪开机的短信。

他在过道上就听到办公室里的呵责声了。他没有分辨出声音的主人。当确定声音是冲他而来时,他撒腿就跑。中年妇女追了出来。走廊中高跟鞋“噔噔噔”的回响铿锵有力。

他返回厕所,之后才发现走上了绝路。中年妇女猛烈地敲打着门板。厕所不再是躲避纷扰的好去处,他后悔没有留一根绳索以备不时之需。他从未和刘雪的母亲有过交流。他在认识她之前就被她否决了。也许刘雪曾经与她争吵多次,他未料他得到争吵的机会竟是在刘雪离去之后。他难以容忍自己撒腿就跑。他没有理由惧怕她。他打开门,旋即看到一个迅速衰老的刘雪，只是一袭乌黑的长发变成了栗色短发,休闲装变成了蓝紫色职业套装。相比刘雪,迅速衰老的刘雪的眼神更加锐利,乳房更为坚挺。

“刘雪在哪里？”

“阿姨,我不知道。”

“你现在带我去你住的地方。”

“恐怕不太适合。”

“你带,还是不带?”

“阿姨,抱歉。刘雪上次回家后,我就联系不上她了。她不在家吗?”

“她最近没有回家。”

“什么?”

“如果不是心虚,你刚才跑什么?”

“我只是尿急。”

他发现迅速衰老的刘雪用鼻子轻哼了一声。一股莫名的亲切感浮上心头。

“不要跟我耍花招。我女儿不见了,你会什么反应都没有?”

他不知道除了承受刘雪不见的事实,还能有什么反应。他以委屈的表情证明自己是无辜的,这反而增加了迅速衰老的刘雪的气焰。他在她的逼视中低下头。一个从身前一闪而过的同事似乎有意为他解围。同事站到挂墙式小便斗前,回头张望了一下,说:“女士回避一下好吗?”

“如果我女儿有个三长两短,我不会放过你。你等着。”

刘雪的母亲撂下这句话就走了。他站在厕所门口,聆听着高跟鞋依旧铿锵的回响。待声音完全消失,他啐了自己一口:“猥琐。”

他认为自己刚才完全可以被踹上一脚,或者掴个巴掌。他想高跟鞋铿锵的回响会很快落在他的公寓,刘雪的母亲会很快探查到他的住址，因此他决定不再锁门。他想让她亲眼看见他和女人躺在床上，甚而听到女人的呻吟。他想他会不紧不慢地坐起来，让她有充裕的时间辨识他身下的女人。之后，他才会告诉她，他真的有一段时间没有见到刘雪了。

他等到的不是刘雪的母亲，而是两个警察。

两个警察在他下班时就守在他的门口了。他们用一根手指命令他开门，又用这根手指命令他坐到沙发上。但是手指的威严没能掩盖他们的懈怠。他们看起来昏昏欲睡。或许是女人的余香调动了他们探查的热情？他们瞬间张大的鼻孔似乎早于眼睛开始工作。之后他们瞥向硬板床的目光就专注多了。目光接着进入半开着门的洗手间，落在洗漱台女人的漱口杯和牙刷上。从卫生间撤离后，目光又转向阳台上他和女人几乎贴合在一起的内裤和袜子。最后，目光回落在门口女人的一双粉色小拖鞋上。

他们在房间里踱了几步，目光跟随脚步开始了第二轮更为细致的搜索。显然他们对女人的物件更感兴趣。他没有告诉他们那些物件不属于刘雪。他们说看不出刘雪已经离开一段时间了。他们用了“离开”，而不是“失踪”。

“你在等她回来？”

他向他们回忆起与刘雪最后一次见面的情形。他告诉他们将刘雪的离去从一桩情感事件演化成法律事件是错误的。那个寻常的日子没有什么不同寻常的意味。刘雪像往常一样在单位用过晚餐来到他这里，一进来就疾步走入洗手间。在洗手间，刘雪指责他没有刷洗粘在抽水马桶上的粪便。“我的肠胃不好，这在所难免。”他解释说。从洗手间出来，刘雪让他马上刷洗抽水马桶。他说，同样是粪便，抽水马桶只冲净了她的而没有冲净他的，现在反过来又要他来刷洗，显然构成了对他的二次伤害。他告诉刘雪更为妥当的做法，是遵循谁见到谁刷洗的原则，而不是把马桶的失职转嫁到他身上。他径自笑起来。他为警方的木讷感到遗憾。他告诉警方这就是他和刘雪的日常。他会不时地招惹刘雪，而刘雪会不时地数落他。刘雪果然数落了他。刘雪反问，为什么他母亲的失职会转嫁到她身上。他觉得刘雪数落得很好，这不是经常发生的。可是他懒得走动。他想在沙发上瘫一会儿。他拾起一本书，但只是佯装看书。他在窥视刘雪。他想如果刘雪固执己见，他就去刷洗抽水马桶。刘雪没有。她看起来有些疲倦。“也许没有疲倦，疲倦是我后来臆想的。她只是习惯性地靠在床头。”他解释说。这期间，刘雪提起了一个朋友。这个朋友生下了一个女儿。因为是女儿，她的婆婆很不开心。她的婆婆说了许多难听的话后就走了。这时，他对刘雪说，从法律上讲，他的婆婆确实不需要像马桶一样，冲净了儿子还要去冲孙子。这回刘雪没有回击。刘雪用鼻子轻哼了一声。两人的对话就这样结束了。“这不是经常发生的。”他补充说。刘雪抽了一根烟，接着躺了下去，躺了好一阵子，也许睡着了，也许没有。起床后，她就走了。临行前，她说她需要静一静。他没有在意，因为刘雪不止一次说过需要静一静。她在门口站了一会儿。“我当时以为她只是穿靴子遇到了麻烦，她的脚板很宽。”他解释说。之后，刘雪不见了，直到现在。

两个警察没有插话，连记录本也没有翻一下。在确定他结束回忆后，一个警察说：

“从我们掌握的情况看，刘雪一个月前已经辞职。也就是说，她不会是在单位用过晚餐，然后到你这里。”

“你说什么？”

“你不知道这个情况？”

“我不知道。”

“她也没有回家。她最后一次回家，是辞职之前的事情。”

他没有追问警方掌握情况的来源。他没有想到他和刘雪的最后一段日子充满了欺骗。刘雪不在单位不在家里也不在他这里的时候会在哪里？她该如何填补其间的空白？他从未发现刘雪的变化，或者说，他一直放任了刘雪的变化。即使他感觉到刘雪厌倦了生活，他也会认为厌倦本身就是生活的一部分内容。

“那她去了什么地方？”

“这还需要调查。如果你有线索，也可以及时联络我们。”

他“哦”了一声，又想到了另一个问题。

“请问，如果有一个女人闯进了你的生活，你不知道她是谁,警方可以介入调查吗?”

“这是私家侦探的事。”两个警察微微一笑。

五

他站在窗口,看着两个警察离去的身影。他们钻入“金色年华”门口的警车时没有抬头看他一眼。他从床头柜上拿起化妆镜审视着自己的脸。他实在难以想象这张脸会和杀人犯牵扯在一起。他的目光从锐利变为深邃,接着努力挤出一个富有神秘主义色彩的笑容。他想这张脸也许可以胜任私家侦探的角色。

他以私家侦探的心态等待着女人回来。他不知道女人今夜会不会回来。他熄灯,下楼,环绕商城的人行道行走,目光在行人、小车和商铺之间切换。商城路边的车位和出租车始终没有出现可疑的女人。他发现对他而言几乎每一家商铺都是陌生的。除了商城的躯壳,记忆中的场景和刘雪一样都消失了。消失是不是构成了一座城市的主题?他在冥想中瞥见“金色年华”的霓虹灯光。他庆幸“金色年华”依然存在。

他心有不甘地回到公寓。他想今夜又会是一个孤独的夜晚。他会沉迷于填补刘雪在最后一段日子里的空白。开灯的时候,他听到洗手间传来“哗哗哗”的冲水声,女人不知道什么时候回来了,手提包就搁在沙发上。他像幽灵一样走过去,缓慢地拉开拉链，同时尽力保持手提包原有的褶皱不变。他果然看到了一部手机。他翻过来，按了按起始键。女人设置了指纹识别功能。他转而翻找身份证。他只摸到了几张购物卡。通过手提包寻找线索的尝试失败了。

“你去哪儿了？”女人出来的时候问，浑身散发着沐浴露的芬芳。

“出去逛了一圈。”他躺到沙发上，伸了伸腿，打乱了手提包原来的褶皱。

“两天不在就这么脏啦？”

地板上留下了警察的脚印。他支吾了一声，如实相告：“警察来过。他们在探查刘雪的下落。”

女人走过来，又是一脸幸灾乐祸的样子。“这下可麻烦了，你把她的东西给扔了，警察还以为是毁尸灭迹呢。”

“他们压根就不当回事，很快就走了。”

“你不担心她真出事了？”

“我还担心我成了杀人犯呢。”

他笑起来，女人也跟着笑起来。他把女人搂在怀里，两人亲昵了一会儿。他们在亲昵中谈论外星人劫持事件、量子物理、克里斯托弗·诺兰和悬疑电影。他索性下载了一部叫《穆赫兰道》的悬疑电影。女人很快陷入《穆赫兰道》漫长的梦境。但是两个女主角的情爱镜头激发了他的欲望。于是电影的后半段就变成，女人仍在探寻《穆赫兰道》的梦境，而他在探寻女人的身体。他的嘴唇在女人的腰间游走，停留肚脐片刻，接着缓缓向上攀爬。女人咯咯地笑着，指尖拨弄着他的头发，目光没有离开电脑屏幕。

他一夜未睡。他听得到女人轻微的呼吸声。一缕晨光透过窗帘的缝隙映照着女人的脸。他抚摸着女人的头发、女人脸颊几处淡黄褐色的斑点、在侧卧挤压中更显凸出的锁骨以及裸露在被子外的一只温暖的小手。他的手指穿插进女人手指间的缝隙。他清醒地意识到，他需要的不仅仅是女人的身体，他需要攫取更多的东西，女人身体之外的东西，那些人类之所以是社会动物的虚拟的东西，比如，身份证上独一无二的号码、从事的职业、朋友圈。

他在女人睁开眼睛时闭上眼睛。他不知道女人是准备离开还是留下。女人走进洗手间。他听得到洗手间里发出的冲水声以及瓶瓶罐罐与陶瓷或玻璃之间的磕碰声。女人走出来，打开衣柜。他窥视着女人穿上一件秋叶粗花呢，走近床头柜，拿起化妆镜。这时，他觉得是时候醒来一下了。

“唔，你要出去？”

“想起来今天还有点儿事。”

“什么时候回来？”

“不一定。”

他打了个哈欠。几乎是在女人关门的一刹那，他掀开被褥，一跃而起，抱上一摞衣服，跳到书桌前，爬上窗台，扔下衣服，弯腰拾起登山绳，沿着墙壁迅速滑落，在车辆的夹缝中探步前进。他又看到了女人。她不紧不慢地走到公路口。一辆白色小车停靠在她的身边。她坐上小车的副驾驶座。

他记下车牌号，抱着一摞衣服，钻入“金色年华”门口的一辆出租车。

“跟上那辆白色小车。”

司机一边调高空调，一边打量着他。他只穿了一件内衣，冻得直哆嗦。

“您这是遇上贼了还是老婆跟人跑了？”

“是女飞贼。”他盯着白色小车的后挡风玻璃说。

他没有发现女人侧脸和司机交谈。“也许只是顺风车。”他这样安慰自己。他的目光没有脱离白色小车的后挡风玻璃。确切地说，是女人未被副驾驶座遮挡的一绺头发。他衡量着他与女人现实生活的距离。从繁华路段的十余米，到城郊地带的二三十米，再到绕城高速的五六十米。当出租车跟随白色小车驶出绕城高速时，二者的最近距离不足两米。他立即蜷缩着低下头，直到出租车重新提速，才坐正身子。计价器不停更新的数字使跟踪变得更加惊心动魄。

他没有料到白色小车竟会驶向勾起往事的路途。他已经有好几年没有回到这里了。白色小车停在一所大学的门口，接着掉转方向离开。他看到女人信步走出来，走进了他曾经的校园。

他没有追上去。他看着女人穿过一座教学楼，消失在校园里。他打算就此静静守候，以期在足够长的时间后与女人偶遇。他坐在校园门口的绿化带上。多年前，他也是常常守在绿化带边，等待着刘雪从校园里出来。没坐多久，他就按捺不住走进了校园。那些熟悉的建筑仿佛蒙上了一层记忆的尘埃。他固执地想象着女人，想象着他与她如同两个移动在六百多亩土地上的小点，揣测着他与她瞬息变化的距离。如果打乱时空的秩序，他的身影和女人的身影曾经有多少次重叠在一起？女人的身影和刘雪的身影又曾经有多少次重叠在一起？他走到一块空旷的草坪。他感到枯黄的草坪同时也是鲜绿的和雪白的。他抬眼望去，看到了他与刘雪在草坪上追逐的身影。刘雪一个踉跄跌倒在草坪上。他伸出手，牵住她的手。他没有再放手，直到走进食堂也没有放手。他用左手握着调羹吃饭。接着左手又配合刘雪的右手一起洗碗。他们依偎着步入一条逶迤的小径，心照不宣地寻找一个比黑夜更黑的角落，一片竹林，或者树丛。

“我想抱着你说会儿话。”

“不行。”

“你看，就这样，很简单的。”他把左手搭在刘雪的肩膀上。

“你这叫勾肩搭背！”

他走到了那片树丛。他判断得出他曾经站立的位置。一对学生正占据着那个位置。他和他们擦肩而过，没有稍作停留。他又回到校园门口的绿化带坐下来，看着进进出出的稚嫩和陌生的脸孔。一整天时间就这样打发过去了。他没有等到女人回到门口。这所校园有北门、南门、西门、东门。他为自己固守在当年的门口感到可笑。制造与女人在同一时空邂逅的缘分，绝没有想象的那么简单。

六

女人一连几天都没有回来。他在等待女人回来的夜晚将文稿输入电脑。他将电脑视为内后视镜挪了挪屁股，侧肩调整脑袋的位置。然后他想到，既然他可以透过后挡风玻璃看到女人的一绺头发，女人是否也可以通过内后视镜看到他的脑袋？如果女人看到了一个看她的脑袋，是否可以确定那是他的脑袋？他为自己的疏忽深感不安。他拨通高登的手机，希冀高登指点迷津。

“一言以蔽之，你这是守株待兔。”高登从千里之外泼来一盆冷水，“你真觉得有必要知道女人是谁？如果你不想失去她，最好什么都别干。”

他感到高登误会了他。他找他不是聆听劝告，而是寻找更周全的办法。他需要穷尽一切可能探查女人。他在隐秘的探查中获得了难以言说的快感。

“我一点儿办法都没有,如果是我,只会好好享受当下。”高登一口回绝。

“黔驴技穷。”他埋汰道。

“我有一个疑问,不知当不当讲?”

“你说吧。”

“你能确定那个女人不是你臆想出来的?”

“你说什么?”

“从逻辑上讲,更合理的解释是,那个女人并不存在。”

他怔了一怔。

“不过,我想你可以借助警方的力量。”

“他们说了,这是私家侦探的事,管不了。”

“我是说既然警方怀疑你和刘雪的失踪有关,一定会调查你,那么,就必然会查到那个女人。”

“我不认为警方在怀疑我。”

“这恰恰证明他们在暗中监控你。这几天不要手淫。”

他的眼前出现了一幅极富戏剧性的画面:他在跟踪女人,而警方在跟踪他。他倚在窗前,寻找着那双监控的眼睛。“金色年华”闪烁的霓虹灯光提醒他,还有另一双眼睛对准了女人。

“如果有需要,我可以随时回来一趟。”

“不必了。”这回是他一口回绝。

次日一早,他就走进公安局刑侦大队。他从办公室门口的标示牌艰难地认出当日来访的警察。他们还没有来上班。他蹲坐在门口,观察着来来往往的警察。他疑惑他们打量他的目光就像是在打量一个犯人。他仿佛看到自己接受审讯的情形。他迫不及待地想见到当日来访的警察。他感到,作为本案的重要嫌疑人,他已经多次出现在公安侦查会议的投影上,而女人也已经被剖析得一清二楚。投影仪上跳出女人的照片。女人的目光一如他最初看到的那样带着淡淡的忧愁。一个警察指着女人问:

"你还想隐瞒?这个女人,你比我们更清楚吧?"

"我正想请你们告诉我,她是谁。"

他想象着自己的回答,从容,淡定,不失谦逊。事实上,即使蹲坐在门口,他也难掩内心的一份得意了。这时,他看到一个当日来访的警察匆匆赶来。警察只是在开门的瞬间瞟了他一眼。

"报案去派出所。"

他跟了进去,以立定的姿势让警察看清楚自己。

"是你,有什么事?"

"你们还需要我配合调查吗?"

"不用了吧。"警察愣了一下,将案头的一沓文稿塞进公文包。

"这样就好了?你们调取过我家楼下的监控吗?"

"看那个干什么?"警察拎起公文包往外走。

“比如，看看我和什么人有接触。现在和我接触的人也是可疑的。”他提醒道。

“哦，你不知道那个女孩已经联系上了？”警察恍然大悟。

“刘雪找到了？”

“现在科技发达，找个活人不难。”警察拍了拍他的肩膀，“如果不是她妈胡搅蛮缠，我们根本不会去你的住所。”

“她去哪儿了？”他木讷地停在原地。

“很多地方吧。我要出去办案了。”警察走到门口。

“你能不能告诉我现在怎么联系她？”

“抱歉，这涉及隐私。”

他对警察的漠视感到愤怒。他试图声明她仍是他的女朋友。他跟着警察走出过道，走下楼梯，走向大院，直至看着对方钻入一辆警车。他在公安局大院里踅了几步，之后踱到大楼的边角掏出手机。他翻找着提示刘雪开机的短信，在未接来电里搜寻刘雪的名字。他盯着手机屏幕，等待它在多日之后自动跳出“刘雪”。一切落空之后，他心烦意乱，把手机砸向围墙下的红叶石楠。手机被夹在石楠丛中。他瞄了瞄不远处的门卫，偷偷捡回手机，仓皇离去。

他在经过单位的门口时没有停步。他将全身气力集中于脚板，继续朝刘雪的家阔步前进。一个个行人如同一撮撮杂草被抛诸脑后，他感到自己正在攀登一座难以逾越的高峰。之后，他坐上一辆出租车。

他将手机时钟设定为半小时计时模式。时间的流动因此获得了某种明确的指向：半小时后，他与刘雪的一切将归于零。他看着计时器上的时间。最后二十二分钟，他走出出租车；最后二十分钟，他走进刘雪小区大门；最后十八分钟，他步入刘雪居住的楼层；最后十六分钟，他走出电梯，站在刘雪家门口。他把手机揣进裤袋，揿了揿门铃。

门在开至三十厘米左右的宽度时停住了。

"你来干什么？"

"阿姨，我要和刘雪谈谈。"

刘雪的母亲愣了一下。愣了三秒，甚至超过三秒。他不希望刘雪的母亲占用计时时间。他感觉得到裤袋里秒针的变化。他的目光越过刘雪的母亲。在察觉对方关门的意图时迅捷地伸出手去，随即惨叫了一声。他的前臂被卡住了，缩回来的时候，留下了一道瘀血。门关上了。他没有去处理伤口，而是避开猫眼坐了下来。他没有想到刘雪的母亲很快又开了门。这一回，他受伤的右手把门掰住了。他站起来，推开刘雪的母亲，迈了进去。

"刘雪。"

没有人回应。他像当日来访的警察一样打探着各个房间。他找到了刘雪的闺房。他第一次走进了刘雪的闺房。刘雪的闺房显得特别安静。一阵风吹过来，吹动了窗帘的薄纱。他看到刘雪闺房的一面墙上贴满了照片。他看到了各个时期的刘雪，孩提的刘雪、少年的刘雪、大学的刘雪以及工作后的刘雪。他也看到了点缀在刘雪中间的自己。他倒退两步，摸到身后的一把椅子坐下来，真切地感受着各个时期刘雪的变化。这时，他听到刘雪母亲的声音：

“这下你满意了吧？”

他一点都不满意。他听到裤袋里响起的铃声。计时器的铃声在一切尚未归零的时候就响了起来。

“你给我出去，不然我报警了！”

七

他站在“金色年华”的门口观察着自己的住所。他决定如果没有灯光，就不回到自己的住所。他没有回到自己的住所。他在街巷里游荡着。现在他明白了，一直以来他熟悉的只是街巷的方位，而不是街巷的内容。一片银杏叶子被风托举着缓缓飘落。他追寻的目光仿佛穿透了那片落叶。他感到它就像一只飞舞的金色蝴蝶。然后他想到，对于一片落叶而言，它是该抱怨背弃它的枝干，还是该埋汰阴霾的空气，抑或只是迁怒于凌厉的西风？他拾起那片落叶。显然，它现在的样子比夏天更加动人。

他坐上一辆出租车，向当年的校园驶去。

他没有从校园的正门步入。当他一只脚跨上围墙，时光仿佛一下子回到多年前。他从围墙一跃而下，几乎惊扰到小树林里一对卿卿我我的情侣。他恶作剧似的吹了个口哨，扬长而去。他感到有一双或两双眼睛在前方招引着他。他从眼睛里看到了忧愁，也看到了清澈，这不禁让他晕眩。他甩了甩脑袋，颈椎椎间盘随之发出“咯嘣咯嘣”的声响，左脑和右脑在脑壳的缝隙间摇晃。他在一阵更为强烈的晕眩中清醒过来。现在，他回到了校园正门的位置。他需要冷静地分析一下，那日女人从顺风车出来之后，从他的视线消失之前，经过了哪些路段，折进了哪个方向。

他走在当日女人走过的路上，连脚步移动的频率也竭力与想象中的一致。他在路的尽头自信地左转，及时避让迎面而来的几个滑滑板的青年，顺水推舟似的走进一座教学楼。他在走廊的窗外看着晚自习的学生。教室里依旧坐满了女生，只有零星的几个男生紧挨着女生坐着。他看到一个女生愠怒地拍了一下同桌男生的手，男生扭头窃笑时恰好撞上他的目光。他继续朝前走去，从下一个出口离开教学楼。脚步不知不觉变得漫无目的。当他意识到自己正站在男生宿舍的楼下时，校园的灯火熄灭了。

他回到与滑滑板的青年相遇的路段，探求女人行进的另一种可能。这一次他选择直行，然后在行政楼停下来。他打开手机电筒，观看楼下一排长长的宣传栏。宣传栏里的照片整齐地排列着。他看到几张熟悉的老面孔湮没在红色的背景里。他耐心地寻找渐渐被不安取代了。他实在难以想象女人竟会与如此沉闷的世俗联系在一起。和女人有关的，应该是全烫小螺旋鬈发、色彩斑斓的衣服、柔软的身体以及眼神里淡淡的忧愁的光。

“如果你不想失去她，最好什么都别干。”

但是他的目光没有离开照片。他仍然试图从红色背景里发现女人，直至走到宣传栏的尽头。他怀着庆幸抑或失落的心情望向行政楼透出来的灯光。在所有的灯光中，会不会有一缕因为女人亮起的灯光？他在行政楼下踟蹰良久。一缕灯光熄灭了。他躲在一棵大树后，满怀期待从行政楼里传来高跟鞋的橐橐声。他等到的只是两双皮鞋和一双布鞋的踏地声。布鞋的主人忽地转头看向露出半截身子的他，叫了一声：

“谁？”

他弯下腰，系了系鞋带，以示回应。

夜深了，他坐上一辆出租车返回公寓。当他从出租车晃荡地走出来时，他没有想到会看到从自己住所发出的灯光。他立刻做出奔跑的架势，接着又改变主意。两点之间的最短距离是直线，他决定直接从墙壁攀缘而上。他站在女人曾经站立的地方呼喊她的名字。他似乎还没有唤过女人告知的那个名字。

“戴安娜！”

他穿过马路，跃上小车，挺立在车背上继续呼喊。他看到女人打开窗户，目光自然地探向“金色年华”的门口。当她发现他就站在眼皮底下时吓了一跳。

“把绳子扔下来给我。”

“你没带钥匙吗？”

他抓住女人甩过来的绳子，双腿蹬着墙壁缓缓上行。他感到此刻比以往任何时刻都更加温暖。他攀上窗台一把抱住女人。女人一个踉跄，和他一起倒在地板上。两人咯咯地笑起来。

“你疯啦？”

“我想你了。”

“嗯，那又怎样呢？”

“你想我吗？”

他不依不饶地问。女人狡黠地一笑，一只手插进他的裤兜，攥住一串钥匙。

“说吧，这么晚了，去哪儿了？”

“去大学转了几圈。”

“去怀旧了？”

“不，去找你。”

女人“嘁”了一声，推开覆着她的身体。两人仰躺在地板上，对着天花板。

“得了吧，你怎么可能在那里找到我呢？你应该待在房间里。”

他想他总有一天会在那里遇到她，在遇到她的那一刻，他就会告诉她他爱她。但是此刻他说不出口。他感到这座房子已经成为他表达爱的障碍。他起身，走进卫生间，打开水龙头，捧起一抔抔水冲洗脸庞。然后，他站到抽水马桶前。一股酝酿已久的尿液在落向大半根女士烟后迅速避开。有那么一瞬间，他产生了拾起烟头看个究竟的冲动。他没有见过女人抽烟。

“你是不是忘记冲水了。”他没有直说他看到了烟头。

“我没上过厕所啊。”

他呆望着被水和尿浸湿的大半根女士烟。他清醒地意识到，刘雪来过这里。刘雪没有把烟掐灭在书桌的烟灰缸上而是丢在抽水马桶里。他从卫生间出来，目光瞥向门口，仿佛看到刘雪推门而入的情形。刘雪低着头，一只手抓着门框，一只手推着靴筒，她在脱掉第一只靴子后，发现地上拖鞋的颜色变了。刘雪没有换上拖鞋，而是重新穿回靴子。她的步伐十分缓慢。她像一个局外人一样打量着房间，在看到空荡荡的相框时浮起了一丝欣慰。刘雪也许还会习惯性地靠在床头，习惯性地拿起床头柜上的化妆镜。但是，刘雪会是什么时候想到抽烟？是看到阳台上晾着的衣物，衣柜里色彩斑斓的衣服，卫生间里变色的牙刷和毛巾，还是发现女人也在房间之后？是女人还是刘雪先来到他的住所？

女人躺在床上。女人就这样在床上安静地看着他。女人嘴角的微笑证明,她已经洞穿了一切。是的,女人见过刘雪。不久之前,她们就在这个房间里漠然对坐,或者交谈。刘雪就是在这时点上一根烟的。升腾的烟雾提醒她有失礼仪,或者她本就想回避一下,于是她走进卫生间,把大半根烟丢在抽水马桶里。她没有按下冲水按钮就走了。如果她重新坐下来,也许走掉的就不是她。他可以想象,两人都会将对方视为更适合留下来的人。

他带着一连串疑问走向女人。他仍然在寻找刘雪来过的证据。他按照刘雪习惯的方式靠在床头,伸手去够床头柜上的化妆镜。他没有够到化妆镜。刘雪留在房间的唯一的信物也不见了。

“镜子呢?”他问。

“刘雪拿走了。”她说。

“刘雪来过?”他问。

“是啊。”她说。

“怎么不告诉我?”他问。

“还没来得及告诉你啊。”她说。

“你们聊什么了?”他问。

“没聊什么。”她说。

女人诡谲地笑起来。他对她幸灾乐祸的样子感到愤懑。

“生气啦?”她问。

“没有。”他说。

“就不想知道当时发生了什么？”她问。

“不是说没聊什么吗？”他反问。

“是真没聊什么。”她说，“我本来想澄清一下，但还没说什么，刘雪就走了。”

她告诉他当时她正躺在床上，是打火机的点火声让她睁开眼睛。她看到一个陌生女人坐在沙发上。她的第一反应是，拿起床头柜上的化妆镜，擦一擦昏沉沉的脸，梳理一下凌乱的头发。她的举动惊扰到了沙发上的女人。陌生女人走过来，夺走了她手中的镜子。“这是我的。”陌生女人呵斥道。陌生女人在刹那间完成了进出洗手间的动作，径直朝房门走去，接着，“砰”的一声甩上门。

“她的眼睛特别清澈，真勾人。”

女人在讲述的时候始终面带微笑，仿佛那不是来自本人的经历。他“哦”了一声。他曾经想追问女人需要澄清什么。现在他觉得没有必要了。他在沉默中酝酿着该如何与女人交缠在一起。他以比以往更加猛烈的方式扑向女人的身体。女人既谈不上反抗，也绝没有迎合，这使他第一次察觉她对他的接纳有一种置身事外的意味。

在深秋的夜里，“金色年华”的霓虹灯光正在闪烁，一个挑着馄饨担的老人正在敲梆，许多片落叶正在随风打转，远方的一排排海浪正在推搡着一堆白色泡沫。他感到即使两个人如此紧密地贴合在一起，也改变不了互不相干的本质。

八

戴安娜闪蝶重新回到墙上。

他站在床头，右手隔着相框玻璃触摸着蝶翅上细微的鳞片，仿佛触摸着一段遥远的记忆。他明白，女人走了。女人留在这座房子的印记，只剩下几根脱落的头发、一些不易觉察的指纹以及残存在空气中的气味。他缩紧鼻孔深吸了一口气。他仿佛仍可以体味从女人身体散落的芬芳。他不知道女人究竟何时将戴安娜闪蝶重新挂回墙上。傍晚孱弱的阳光隔着窗玻璃透进来。他检查了一下窗户是否关得严实，拉上窗帘，以让女人的气味在房间停留更久的时间。除此之外，他无能为力。

他躺在床上，回想着与女人的最后一次缠绵和最后一段对话。昨天夜晚，他几乎是绝望地抵达身体的高潮。两人无声地仰躺了一会儿。之后，他去冲了个澡。出来的时候，他发现女人正在看一本书。女人的左手抓着书口从下而上弹翻着书页，与其说是在看书，倒不如说是在等他出来。

“安娜。”他轻唤了一声，温柔得未免做作。淋浴后的清醒使情感的诉求转变为一种近乎技术的操作。女人扑哧一笑，抓着书口的左手不动了。他捕捉到女人在扑哧一笑之前，有过极为短暂的愣怔。

“别这样叫我，怪怪的。”女人抓着书口的左手又从下而上弹翻起书页。

“怪吗？安娜，那你告诉我，你叫什么名字？”

“毛病。你这不是在叫我吗？”

“我一直希望我们之间可以更坦诚一些。”他面露微笑，渐渐靠近的目光带着夜猫似的锐利。

女人抓着书口的左手又不动了。她抬起头，直视着他。

“朱安，在我们两个人的世界里，我们都已经足够坦诚了。你不觉得吗？”

“可是你从来没有告诉我，你为什么来到我这里，你是谁，你除我之外的世界是什么。”

他握紧她的手，以让对方的存在显得更加真实。技术仍然在发挥着作用，他的目光从温柔转换成锐利又转换成乞怜。他固执地想要改变一个事实，他想不再置身于女人的生活之外，女人也不再置身于他的生活之外。但是女人挣开他的手，合上书，抿嘴一笑。

“怎么说呢，朱安，我们不应该损害我们之间的默契。你就不能像你想象的那样洒脱一点吗？”

女人躺了下去。他跟着也躺了下去。他在伸手熄灯时顺势背对着女人侧睡。女人侧身贴上他的背，一只手从他的腰间滑向肚腩。他一动不动，也许在等待着女人手指的撩拨。他只等到女人的手指自然地垂落在褥子上。他犹豫地抓住女人的手，摊开手掌，一根手指在掌心一笔一画地写字。他写下了几个字，然后帮她合上手掌。他感到自己做出了最后的努力。他翻过身子。但是女人没有任何回应。女人也许睡着了，鼻息发出均匀的呼呼声。在漆黑的夜里，女人睡得如此安详，仿佛本身就是一个梦境。

他难以接受他与女人竟会以一个梦境结束。在接下去的几天里，他几乎是以数理运算的方式推演他与女人的诸种可能。他统计出了女人到来的次数、两人相处的时间、走过的路程及至各次交谈的内容、各个高潮时刻的不同表现形态。他总结出了女人来去的规律、情感波动的曲线。种种乐观指向使他几乎摒弃了女人离去的事实。直到高登风尘仆仆地赶来，拉开窗帘，让久违的阳光进入他的房间。

高登真的回来了。现在，高登就坐在阳光的背面。看得出来，他对床上只有一个隆起的被窝有些失望。

“那个女人呢？”

“走了。”

“先给我看看照片吧。”

“我没有。”

“偷拍的也没有？”

“没有。”

他从床头柜上拿起一沓稿纸，将所有推演的记录递到高登手中。高登粗略地翻阅着，稿纸发出连续的唰唰声。他在唰喇声中又重温了一遍与女人相处的许多个美妙瞬间。

“我说兄弟，你真的确定，那个女人不是你臆想出来的？”高登掂量着稿纸说。

他掀开被褥，让高登看到那一摊渗开的墨渍，像是在展示一件十分重要的证据。

“这只能说明，你还在用钢笔写作。这本身就不太正常。”

“我们爬过山，很多人都看到了。”

“没有与任何人有过交集吧？”

“我亲眼看见她走进了大学校园。”

“为什么你不是去追忆和刘雪在一起的时光呢？”

“刘雪也见过她。她就是因为刘雪才离开的。”

“刘雪见过她？你向刘雪证实过？你见过刘雪了？”

他被高登一连串的疑问镇住了。他发现，即使删除与女人有关的一切，他的生活仍然是成立的。

“她也从来没有引荐过朋友跟你认识吧？”

“我也没有引荐什么朋友和她认识。”

“那是你没有朋友。现在的情况是，你不知道她的姓名，不知道她的电话号码、微信，不知道她的住址、单位，也不知道她的朋友，对不对？你知道这是为什么吗？因为在臆想的世界里，这些都不重要。”

他低下头，无话可说。这时，他瞥见枕边的一根棕色鬈发。他用拇指和食指捏住它，将它举到半空，任由它飘落到他的手心。鬈发的存在带给他一丝欣慰。他抬眼看到高登正在探查他的房间。面对缺失了女性用品的房间,高登也许会加深对他的误解。

“你把刘雪的东西都给扔了?”

“不,放在楼下保安室。”

“你该把它们取回来。”高登说,“兄弟,刘雪才是值得你珍惜的女人。”

高登倚在窗前,从裤袋里取出一根皱巴巴的香烟。他点上烟,将嘴里的烟雾以圆圈的方式吐向对面的“金色年华”,那个几年前他经常出没的地方。

“说实话,我现在还会时常想起文娟。记得那年文娟第一次约我,就是站在‘金色年华’的对面。她站了好久,就看着我房间里的灯光——你还记得我前妻吗?”

“我没见过她。”

“我们最好的时光都是在这里度过的。每次来到这里,我好像都能看见文娟,都会有一股强烈的冲动,把她带回到这里来,哪怕只是聊一会儿天。我劝你还是珍惜刘雪,只要她没有拿走她的东西,就还有留住她的希望。”

两人沉默了一会儿,似乎都陷入对过去的追忆中。一股风掀动了一下窗帘。“金色年华”门口传来一阵嘈杂的喇叭声。他在嘈杂的喇叭声中听到了轻缓的敲门声。接着,他感到有一把钥匙插进锁芯,在锁芯里转动。钥匙在锁芯里转了一下就停住了。钥匙似乎从锁芯抽了出来。在抽出来之后，钥匙突然又猛烈地戳进了锁芯，在锁芯里迅速地转动。门锁开了。但开门的人没有推开门板。

“是刘雪回来了？”高登问道。从他的表情来看，他在希冀另一个女人回来。

他没有回答。他想象着自己冲向房门，甩开门把，一把抱住站在门后的那个人，不管是谁。可是他没有。他和高登一样，只是瞥向房门。他揣测着，接下去从门外探进身来的，会是一个怎样的人。

寡人有疾

小周进来前没敲门。他吓了一跳。之前,确实有过不敲门就进来的同事或访客。在这一情况下,通常他们会缓慢地转动把手,或在门口驻足一下,使他可以从容应对,关闭某个网页,放下手机,或者合上文件夹,甚至有时间换一份适当的文件在眼皮底下。小周匆忙地走进来,约莫走到中点,突然放慢脚步,神情也从着急变得平和,但二者的转变,与其说是隐藏什么,倒不如说是故意给他看到,实质表达的仍是着急。他合上文件夹。文件夹里夹着的是《天龙八部》第五册。他看过金庸的全部武侠小说,而且全部不止一次,不包括电视剧。小周举着一张文件大小的纸。他以为就是一份文件。很快他明白,这是健康体检表,装在一个薄薄的尼龙袋子里。上周,单位组织了一次健康体检。当然,单位每年都会组织一次健康体检。小周在把表格递给他之前,有如下几句话:

体检中心打电话给我了。他们没你的联系方式。

（此时他伸出手，但小周没有递给他的意思。）

我没看。可是，李主任看了。李主任看了，又叫我看。于是，我也看了。

（此时小周从单手持表格变成双手紧握。她紧绷的手指将表格的两边掐出了褶皱，左右不太对称。）

本来想转交给嫂子。可是，我知道，嫂子已经不是嫂子了。虽然你没说，其实我们都知道的。

（此时他苦笑了一声，又伸出手。他看着小周一张一合的嘴唇。小周的口红是粉色的。他还注意到，小周做了美甲，颜色与肤色相近，点缀着像砂纸一样密集的星星。）

你要有心理准备。

（此时小周终于把表格递给他。）

小周怜悯的目光一直没离开他，这让他不太自在。他放下表格，精准地从文件架上取出另一个适合打开的文件夹，在桌上摊开，装出一副忙碌的样子。小周没有离开。她涂着美甲的双手似乎无所适从，接着，做出了一个错误决定，试图从尼龙袋中取出表格。他立即制止了她。他摁住表格——此前小周的双手已经伸出来，因此，他差点摁在了她的手背上。他迅速盖下去的手掌触到了小周缩回去的美甲。比指甲硬，像光滑的石头。

等一下，我自己来。他说。

少顷，小周走了出去。关门之际，仍对他报以关切的目光。

五个醒目的大字:健康体检表。(为什么不删除“健康”二字?)表格与桌子的各边沿,保持垂直和平行。他注意到,表格的右上角卷了起来,构成了一个极小的三角形。他抽出体检表,抚平,又装回去。体检表回到了原来的位置。他决定不再看它。他端正地坐着,用指尖旋转一支铅笔,同时望向窗外。窗外有一棵香樟树,离他不足两米。但是,他从未觉察到它的成长。现在,它的个头已经超过了办公室的墙顶,茂盛的枝叶遮挡住大部分西晒的阳光。只要他保持一种岿然不动的状态,停在枝干上的鸟就不会飞走。他凝视着它们。有时,它们朝他啁啾鸣叫,仿佛对他充满好奇。但是,他无从辨识它们,他不知道今天啁啾的鸟,与昨天的那一只(或几只)是否相同。他也不知道,在鸟的眼里,今天的他和昨天的他是否是同一人。他能够精准辨认的,是办公室里的物事。

他在这个办公室已经待了十二年。再过二十几天,就是十三年。它几乎一成不变。他可以闭上眼睛,迅速辨识玻璃柜里的任意一本书(一本都没读过),以及文件架上的五个文件夹:两个装着武侠小说,另外三个,装着各类文件。他的桌面总是干净利落。他会很快清理那些不必要的纸张。每天清晨,他进入办公室的第一件事,就是将不必要的纸张,一沓沓插入碎纸机。他喜欢听碎纸机马达运转的声音,低沉,匀称,像一个在身体上震动的按摩器(舒服极了)。

鸟飞走了。

他打了个电话给小周。小周进来的时候,他把体检表递给她。

帮我复印两份。

我陪你去复查吧?小周说,如果,没人陪的话。

他礼貌地笑了一笑。他总是显得很有礼貌。因为礼貌,他和同事们相处融洽,尽管他从未打算和他们做朋友。另一个原因是,他也很少干涉他们的工作。你们比我更懂。他说。假如工作出了差池,他则会说,责任在我。

我会去的,谢谢。

他走出了办公室,一直走到主楼的外面。这幢十层高的半弧形大楼,多像一座坟墓啊。他在环绕大楼的马路上走了两圈。大楼的东西两侧,分别有四幢三四层高的副楼,每幢副楼都有几扇可供进出的门。相对来说,主楼可供进出的门要多一些,一共六扇。除此之外,在四周的大院围墙上,还有东西南北四扇通往外部世界的大门。此时,他想到,能不能既不重复又不遗漏地一次相继走遍所有的门?

他的步态不紧不慢,腰杆则笔直。他一边走,一边感受着身体内部的变化:心脏的跳跃、肠胃的蠕动、血管的流淌……他没有感受到任何变化。没人感受得到细胞的生老病死以及细胞与细胞之间的战争。身体的内部俨然是一个没有硝烟的战场。半路上,他借墙面和树干的掩护,使了几道六脉神剑的招式。在经过会议中心时,他向一个年轻的会务员借了下镜子,她正在一间虚掩着门的议事厅里补妆。他注意到,会务员的手指头有点儿哆嗦,但没有美甲。他看了看自己的脸色,然后把镜子还给她,继续上路:顺利地从另一扇门走出了会议中心。领导,你可不可以不告诉我的领导?会务员跑出来说,我再也不在工作时间化妆了。

他微笑着点了点头,又说了声,谢谢。

在穿过主楼的第六扇门时,他发现,遗漏了食堂东北角的一扇小偏门。不仅如此,与食堂相连的领导宿舍,也有一扇隐蔽的小门。他庆幸地长吁了口气,不过,依然不折不扣地重来了一遍。

最后,他在南门停了下来。南门的电动推拉门关上了。这种情况时有发生。南门之外不是公路,而是一座极规整的公园。让人奇怪的是,南门明明是正门,大部分时间却无法通行(偶尔放行),而作为后门的北门,却成了人员进出的主门。他不甘于兵临城下的失败,于是向门卫恳求。你只要轻轻一揿,门就开了,不会有任何副作用。他说。门卫没搭理他。他又说,如果你不敢揿,我替你揿。这时,门卫推了他一把,大声喝道,你想干什么?说不行,就不行!

他只好朝西门走去。走出西门,穿过公路(公路很宽,只有一路小跑才能赶在红灯亮起前通过）就到了一个综合广场。在那里，有一家咖啡店。下午的某一时刻，是他的咖啡时光。通常，他只喝焦糖玛奇朵。他掀开盖子，一口一口喝下去，享受着焦糖、咖啡、牛奶层次分明的口感。这时，他收到了快递员的电话。快递到了——两根伸缩式不锈钢金箍棒。

他想象着孙悟空（他孩子）挥舞金箍棒的样子，想象着一个个妖怪（他）应声倒下。接着，想象转到了《天龙八部》，他仿佛看到雁门关外萧峰的死。显然，妖怪和萧峰都是口吐鲜血而死。他打开手机购物软件，非常迅捷地，买下了一款影视剧仿真道具——吐血胶囊。

两盒，发顺丰加急，谢谢。

他决定提前把礼物送给孩子。按照约定，两天后，也就是周六，他才能去接孩子。但是，他迫不及待地想见到孩子。他给前妻拨去电话。前妻说，孩子晚上要学奥数。奥数？是的。前妻说。为什么？因为浪费了星期六啊，只能排在今天。前妻说。我不是这个意思。他咽下了后半句话：孩子才一年级啊。他不再说什么。据说，他们之所以离婚，就是因为他不陪她争吵。但他坚持，在孩子培训完了后，把礼物送给孩子。孩子一定会开心的，他想。他攥着两根金箍棒，早早地来到培训班外等候。他先等到了前妻。她总是风尘仆仆的。他礼貌地伸出手，试着和她握手。可是，她把脸转开了。此时他发现，前妻的头发变了，变得像泰迪狗的卷毛。转回来时，她看清了他的礼物，立刻提出质疑，因为是她把孩子的金箍棒扔了。那么，你还要送新的给他吗？前妻问。那么，又是那么！为什么有那么多那么？——那么，你该明白，我不至于还会让金箍棒进我家吧？前妻又问。我家？他斟酌着字眼，把金箍棒放到车里，再回到前妻身旁。前妻挪开了两步，他随即跟进了一步。医院里忙吗？他问。前妻怔了一下。他又跟进了一大步，使前妻挪开的两步变得徒劳。最近手术多不多？他问。前妻冷笑了一声，索性躲到墙角。他不依不饶地靠向墙角的一侧，左臂与前妻的右臂几乎贴合在一起。如果我躺在手术室里，你会怎么办？前妻说，该怎么办就怎么办。那么，他说，我还是希望你来动手术。门口的家长陆续增多了。前妻向墙角的另一侧又蹭开了两步。

你还不走？

（为什么要走？我还没看到孩子。他想。）

如果没事，就先走吧。

（我有事。他想。）

别站在这里。你不觉得奇怪吗？

（谁在乎呢？他想。）

那么，你明白没有？前妻说，孩子会闹的，星期六很快就到了。

他后退了两步，接着坐到车里。过了一会儿，孩子出来了。他没看到孩子的脸。前妻的身躯遮住了一切。他只看到孩子的一截衣服以及一撮头发。星期六很快就到了。他突然顿悟:前妻安慰了他。

夜深的时候,他饿了。他犹豫着是否起床:不起,满足了肢体不动的欲求(他甚至懒得翻身);起,则满足了胃。此刻,他感觉到了,像袋子一样的胃脘正在弯曲,耷拉,蜷缩,及至向食管挤压出气体。咕噜,咕噜。他把每一次咕噜的叫声,依次分配给七个关节,从颞颥,到肩,到肘,到腕,到髋,到膝,最后,到每天闻着脚臭的踝,就像是对它们一一的恳求。咕噜咕噜咕噜——突然,胃里发出一连串恳求。

嘿嘿,那好吧。

他走进厨房,打开冰箱。冰箱是空的,而且,有刷洗的痕迹。妈妈来过了。妈妈什么时候来过?也许,妈妈打扫了厨房就走了,不然,不至于没有察觉。我的孩子,连煤气灶都不会开哦。以前,妈妈常常这样说。现在,妈妈见到他,就问,能照顾好自己吗?他担心的,倒不是自己,而是房子。房子太大了。偌大的房子,四室两厅两卫,唯一可以移动的物事,只剩下他。有一天,他在网上购买了一台智能扫地机。看着扫地机移动圆溜溜的身体,多少会让人踏实些。何况,它还会唱歌,会随时回应他的问题。但是,他发现,被妈妈打扫过的厨房,依然只有干净的表象。他摸了摸橱架上的罐子:油罐、盐罐、酱油罐、酒罐、醋罐、味精罐、糖罐(竟有这么多罐子？),每个罐子的罐口,都有些黏糊。也许,它们一直是黏糊的,只是之前他不知晓。不知道过期了没有？大概,很快都会过期了吧。

他走出了房子。

在他的小区对面,是一个拆迁安置的小区。他叫它第九区。租住在里边的,大多是外地人。全国各地的美食都汇聚在这里。此前,他只在白天走进过第九区,或者,站在阳台上遥看这里的夜市。此时,他穿过一个个摊位和一爿爿店铺,同时,也穿过了一堆堆人、一道道美食和一坨坨垃圾。他有一种新奇感。在这里,与其说是呼吸空气,倒不如说,是呼吸各种气味:香的、臭的、甜的、辣的、鲜的、腐的……他猛吸了几口,然后,舒缓地呼出去,以便将更多的气味,留在鼻孔内把玩。

他停在一家店铺的门口。一排冒烟的高压锅吸引了他。他数了数,一共十六个。一个大肚子挡在高压锅前,很白,很软,身体一动,肉就一团团地抖动,像掀起的波澜。他莫名地想起小时候看弹棉花被的情形,于是走了进去。过了好一会儿,他才找到座位。一锅生蚝,谢谢。他说。接着,又张望那个大肚子。大肚子在五颜六色的衣服间时隐时现。店里的人太多了。他感到大肚子瞄了他几眼,五颜六色的衣服也瞄了他几眼。有几个五颜六色的衣服还沿着他的视线,转向大肚子,然后,再惊愕地回到他身上。

诸位,别误会。

他饱餐了一顿,向服务员招手。此时,他瞥见大肚子正朝他走来,二者的目光又撞在一起(多么柔软的目光!)。随后,大肚子站到他跟前,脸离他足有一米,但肚子已经顶到了桌子。塌鼻!真是你吗?他疑惑地看着大肚子。我是大懵。(大懵是谁?他想。)大肚子拉出凳子,径自坐下来。还看武侠小说吗?他点了点头。大肚子说,长大了才知道,小时候看的金庸,都是假的。他又点了点头。大肚子说,我们有多久未见了?我从少林寺出来,也有二十多年了。抱歉,我不是塌鼻。大肚子问,你不是?是的。那你老盯着我看干吗?没有吧。(我只是看你的肚子,不是你。他想。)大肚子打量着他,忽地拍了拍脑门,仰头大笑地说,你真不是塌鼻,可你的鼻子,和塌鼻一样塌。是吗?(我不是塌,只是平而已。他想。)你有兄弟叫塌鼻吗?大肚子问。没有,他说。此时他发现,大肚子卷到胸口的短袖T恤下,有一道从背阔肌伸长出来的刀疤。塌鼻是我的好朋友,我们很多年未见了。大肚子说。可惜我不是,一锅多少钱?他问。我就当你是塌鼻,免了。他当然不同意,举起手机,在墙上找付款码。兄弟,这样做人就没意思了。大肚子说着,一抬手,把他的手掌摁了下去。一股绵软的推力倏地从他的手腕传递下去,及至让他的膝关节也打了一下拐。大肚子习过武。他有一种奇异的感觉:他成了一个在酒肆耍赖的纨绔子弟,被一个大侠掰住了手腕。这怎么可以?他求饶地说。当然可以。大肚子说。他犹豫了一下,说了声谢谢,转身离去。但是,大肚子叫住了他。

考你一道武侠题?

你说。

在金庸的武侠小说里,有没有人吃过生蚝?

有。杨过。在桃花岛上烤过生蚝。

厉害！欢迎再来大侠生蚝。

会再来的。他想。

在进入会议室时,他觉得同事们的目光发生了变化。他坐到那个惯常的座位。座位的正前方,是一束摆在会议桌上的茶花,可以大致让他处于一种被遮蔽的状态。假如以会议桌为界,会议室将被分成面积不等的两个平面。他所在的平面,约为对面的四分之一。即使如此,对面依然密密麻麻,而他所在的平面则是稀疏的。他的座位,与所在平面的中点,相隔三个座位。之所以如此,是因为他拒绝变换座位,而通常,后来者又不能比他更靠近中点,这使得他们更多地聚集到另一侧。有两位后来者与他同处一侧,与他又相隔两个座位(他曾指着腋下对一位后来者说,我有狐臭)。两位后来者紧挨在一起坐着,否则其中一位将脱离这一平面。显然,这是绝不可以的。

他环视了一圈会场, 目光落在居中的主要领导身上,又回到自己的手机。主要领导正说着什么，口水喷洒在从窗外折射进来的一缕阳光上，星星点点，清晰可辨。他打开手机购物软件，查看快递的行经路线（一条弯曲的橙色线连接起两座不相关的城市）。正在送货途中。他捏紧手机摇晃了两下——果然，快递员来电话了。

他在会议室门外拆开了包裹。包装盒看起来很像某种药品。他取出一粒吐血胶囊，含在嘴里，用舌尖慢慢地舔舐。（孩子一定会很激动的，他想。）他又含进一粒胶囊，之后，把两盒胶囊一左一右放进两个裤兜，回到会议室，回到座位。

突然，他一口咬了下去。

有点甜。是果酱的滋味。

两粒胶囊的“血”溢满口腔，接着从唇间渗出。他看了看坐在对面第三排边角的小周。小周没注意到他。他用舌尖抵住胶囊，咳嗽了一声。一团液态的红从嘴里喷出来，一部分溅在桌上，一部分落在座位上。会场上所有的目光都被吸引了。对面旋即发出尖厉的叫声。他看到小周站了起来，接着又有几位同事站了起来，其中一位佝偻着身子飞蹿了出去。

哦哦，是牙龈出血。他解释说。

怎么可能是牙龈出血！主要领导后仰着说（此时他稍稍偏离了中点），小周，马上叫救护车。

不必，不必。我自己可以去。他吓了一跳。

他走出会议室，不知出于何种原因，在挨近门口时，跛行了两步。看起来，真像那么回事。一出门，他马上给小周拨了电话。

不要叫，我没事。谢谢。

他去了趟洗手间。在那里，他捂着胸口，从镜中看着自己，仿佛看着一个负伤的大侠。他打开水龙头，带着几分不舍，把嘴巴冲洗干净。出来的时候，发现小周正站在厕所门口。他回头瞥了一眼。显然，小周可以看到镜中的自己。但是，他想，小周不至于一直盯着男厕看吧。你还不去医院？小周问。他一边往办公室走，一边假装思索着说，有件事处理了就去。小周跟了上来。两人一前一后地走着，相距五六十厘米。他注意到，在过道墙壁的底部，装着一块绿色的指示牌，指示牌上有一个箭头，后面跟着“安全出口”四字。两人离安全出口越来越近，很快越过了安全出口，接着，逆着安全出口继续向前走去。你做事太负责了，根本没必要。小周说。他没有回答。中午，体检中心又来电了，他们希望你抓紧去复查。说不定，是出错了。小周又说。他哦了一声。此时，他蓦然想到薛定谔的猫：在复查之前，他就处于一种生病和没有生病的叠加状态：有百分之五十的可能，生病了；也有百分之五十的可能，没有生病。至少，在他看来是这样的。

小周，我给你看样东西。走进办公室后，他掩上门，从裤袋里掏出一盒吐血胶囊，取出一粒，在小周眼前晃荡。

买药了？

不不，这是给孩子买的吐血胶囊，一款影视道具。他解释说，我刚才按捺不住，试用了一下。很逼真。味道也不错。

小周接过胶囊，仔细辨认了一会儿，又还给他。他看出来，小周有几分不知如何是好的尴尬，于是转移了话题。昨天让你复印的两份体检表，有了吧？有了。那好，你帮我做件事。他打开一个电脑文档，打印了两份，递到小周手中，接着告诉她，转交给谁。小周瞄了一眼，瞪大了眼睛。你要辞职？不，只是辞去职务。他抿了一口水，淡淡地说。为什么？因为身体？他斩钉截铁地说，和身体无关（这是由来已久的念头！）。不然为什么辞职呢？小周严肃地问道。只是辞去职务，他又纠正。至于为什么，这是一个复杂的问题。他还没想过和小周交流这一层面的问题。毕竟，小周太年轻了。但是，小周突然滔滔不绝地训起他来，语速很快，像从水泵中冲出的水。

你还没去复查？医院又不是不会出错。就是没出错，也可以治啊。我查过了，有很多康复病例。所以，无论如何，一定要尽快去复查。不然，我这就去叫救护车。这个，她晃了晃手中的文档说，我不会递交。只有你去复查了，我才会递交。说不定，到时你已经改主意了。

他从未见过这样的小周。有一刹那，他被感动到了。他有一种冲动，想走上去，抱住小周。

你不知道，私底下，我们都叫你大叔。大叔，拜托，振作起来啦。

傍晚时分,他在家门口,发现了妈妈的鞋子。妈妈怎么又来了?他推门而入,叫了声妈妈。妈妈没有回答。他走进厕所,一边小解,一边查看头发,确切地说,是寻找白发。没有几根白发。但是,他发现,发际线后移了。他抬起一只手把往后梳的头发压低一些,对镜中的自己惨淡地一笑:大叔。此时,他听到妈妈在厉声叫唤他。妈妈在他的卧房里。他吓了一跳,连忙拉上裤链。这下糟了。他在过道上踯躅,然后,转身朝客厅走去。妈妈的叫声又响起来,接着是妈妈的脚步声。除此之外,还有某个物事拖在地板上发出的吱吱声。

怎么了?待到妈妈的脚步声逼近客厅,他问。这是什么?妈妈出来了,一脸嫌恶地揪着拖在地板上的物事的头发,甚至不能说服自己,换成拖它的胳臂,这样至少可以稳当些。哦哦,一个布娃娃啊。他试着从妈妈的手中夺走那件物事。但是,妈妈一甩手,让他伸过去的手落空了。刚洗过,忘了穿衣服了。他补充说。你也不害臊!妈妈气坏了,泪水沾满了眼眶,有几滴陷进了她的鱼尾纹。妈妈真的老了,越来越容易失控了——她抓着物事的头发,走到窗台,将它的头拽向窗外,接着,抬起它的腿,让它倒头栽地跌了下去。你这样砸到人怎么办?就是砸不到人,砸到车也不好啊。他一边抱怨着,一边拉上窗帘。妈妈抽泣着。这表明,妈妈已经从生气变成了伤心。

他走过去，抱住了妈妈：双手紧紧地搭在妈妈的背上。妈妈背上的肉很软，是松弛的软。妈妈惊恐地挣脱了，接着，又后悔了。可是，没有机会了。他们彼此，已经至少三十年没有拥抱过了，谁也不记得，最后一次拥抱的情形。也许，那时他只有十岁，甚至更小。

过了一会儿，妈妈平静了下来。妈妈呆呆地坐在沙发上。他给妈妈倒了一杯开水。开水是凉的。妈妈喝了一口，就不喝了。她从包里掏出一张纸，递到他手中。妈妈指着纸上的名字说，这是谁介绍的，那是谁的亲戚。妈妈还介绍了她们的年龄、职业、家境。他看出来，是爸爸的字迹，妈妈只认得简单的姓氏，因此她在介绍两个同姓的对象时，搞错了顺序。他没有戳穿这一点。妈妈问，你打算先看哪一个？让我再想想。他说。想，想，你还要想到什么时候！妈妈又激动起来。于是，他指着第一个说，先看这个吧。那你什么时候去看？周末吧。这个周末？是的。看了怎么样都要跟妈说。好的。差不多就行，别挑三拣四。接着，妈妈长长地叹了口气说，你自己挑的，妈妈说过不行吧？看她那副样子，还医生，我看她自己才有病！

妈妈就要走了。他知道，妈妈急着赶回去搓麻将。他把妈妈送到电梯口。妈妈站在那里，很不自然。此前，他从未送过妈妈。他关心了妈妈的身体，还问候了爸爸。电梯门打开了，妈妈走进去，擤了下鼻子。他发现，妈妈转身时，眼眶是红的。

今晚的月亮很圆，但是很远。在古诗里，月亮好像是很近的。今人不见古时月，今月曾经照古人。不知李白当时看到的月亮，是圆月、新月、上弦月还是下弦月？那个被妈妈推下去的物事就躺在地上，被风吹乱的头发遮住了半张脸。它的一侧，停着一辆白色越野车。它半遮的脸和白色越野车的前轮靠得很近。不知白色越野车是先停在那里，还是后停在那里？他等待着，在另一侧，再停上一辆车。很快地，一辆黑色小轿车驶进来。黑色小轿车越过白色越野车，向左前方转向，然后快速倒退，在它打正方向盘时，突然停了下来。一个头顶光滑的中年男人匆匆地从车里走出来，探头看了一眼，接着，小心翼翼地靠近物事，直至走到它跟前，踩了一脚。这一脚恰好踩到了它后背的开关，因此它马上发出连绵的、酥软的呻吟声。中年男人仓皇地退了一步，抬头望了一眼各个楼层的阳台，又利索地上前踩了一脚。这一回，他的脚板落在它的大腿上。他立即回到小轿车里，驶离了现场。

他回到房间，熄灭了房间里所有的灯光。有一瞬间，他感觉不到自己的存在，他仿佛消失在黑暗里。接着，房间里的物事又模糊地呈现出来。他带上车钥匙，下了楼。他坐进自己的小车，慢慢驶向现场，接着倒车，打开后备厢。那件物事依然在发出连绵的、酥软的呻吟声。他以迅雷不及掩耳之势，把它拖进后备厢，掐掉了它后背的开关。

他不知道该把它带到哪里。他像是一个正在掩埋尸体的凶手，这让他感到激动，又有些迷茫。他来到半山腰的一个水库。周围空无一人。他跳上堤坝，仰望着星空，依照手机显示的星座图，寻找它们在天空确切的位置，但是没有成功。最后，他拔掉那件物事的充气孔——也许是星星提醒了他，下山了。

他没有回家，而是把车停在第九区。此时，第九区已经安静下来，他看到自己的小区几乎没有了灯光。一些摊位正在收拾残局，地面被喷洒得湿漉漉的，如同一条幽暗的河流，而四面的楼房是一座座山峰。他朝着大侠生蚝走去，半路上，遇见了几张疲惫不堪的脸。大侠的对面，是一个烧烤摊，有四五个赤裸上身的年轻人正在喝酒。他和他们对视了一眼。他的冷眼似乎招惹了他们，因此，他们多看了他几眼，带着几分敌意，甚至是挑衅。他坐进大侠生蚝一个边角的位置，向大肚子招了招手。

两锅生蚝。谢谢。

他有一股莫名的愉悦感（妥善地处理了那件物事？）。他已经想好了，无论如何，都要请大肚子吃一顿。他趁大肚子不备，扫了扫墙上的付款码，随便输入了一个数字。剩下不到两锅。大肚子说。没关系，四舍五入。他说。于是，大肚子补了一份毛豆和花生米，又在烧烤摊上要了一份羊肉串和牛肉串。他发现，年轻人也多看了他几眼。他们像两个老朋友一样坐下来。

你会武功？他问。

大肚子搛起一颗花生米，甩向半空，在它下坠至头顶的瞬间，伸出筷子，稳稳地搛住，置入口中。荒废了，大肚子说，当年，我还以为会练出神功。后来想，不对，如果真有神功，那世界会怎样？他说，会严重阻碍中国现代科技的发展。两人都笑了起来。接着，大肚子说，在少林寺，我常常遇到一个人，你猜是谁？他问，是谁？大肚子说，男演员王××！想不到吧？当年晨跑，我还绊过他。他问，你们是同学？大肚子说，不是，算是同门。他问，那你怎么绊他？大肚子说，绊人是很简单的，只要放慢脚步，抵在别人身前，左脚或右脚撇出来，就绊到了——我绊过很多人，他肯定被我绊过，肯定的。大肚子说。可是，他成了明星，你成了厨师。说完他顿时觉得自己失语了，转而提起《天龙八部》里的无名扫地僧，说大肚子和扫地僧一样，是世外高人。

大肚子自嘲地笑着，自干了一杯。接着站起来，看着对面的年轻人（此时大肚子的目光是慈爱的），对他们举起酒杯。对面的年轻人愣愣地举了举酒杯，但是，没有站起来（此时大肚子稍感不悦，但他没有表露出来）。双方隔着四五米距离，互干了一杯酒。坐下来的时候，大肚子说，其实，我在道上混过。（此时大肚子表露出轻蔑的神色，显然，是给年轻人看的，尽管他们看不到。）他问，你砍过人吗？大肚子说，当然。他问，多吗？大肚子疑惑地看着他。他又问，很多吗？大肚子说，不多，道上有道上的规矩，不单是打打杀杀（此时大肚子再次轻蔑地看向年轻人)。大肚子对他讲起了江湖规矩。他第一次听说,就是打架,也要讲规矩。比如,不能拿刀捅人,可以直砍、横砍,但是,只砍背;不能对腰、肾、太阳穴等重要部位,重拳出击;再比如,不能用啤酒的小瓶口砸人,以瓶肚子砸脑门为宜,装满啤酒效果最佳;相比之下,“印煤球”更富有集体趣味,所谓印煤球,就是一圈人围着打,专门打眼睛,你一拳,我一拳,打到眼圈乌青为止。大肚子像接受访谈一样侃侃而谈,之后,又讲了几个行走江湖的故事,声音始终高亢,好像他不是唯一的听众。他有些期待,大肚子给对面的年轻人一点颜色看看。他记起来,读初中的时候,在教室里,曾经目睹同桌被一个江湖上的人砍了。那是他离江湖最近的一次。同桌躺在地上,血肉模糊。江湖上的人扬长而去。他脱下外套,裹在同桌的身上。疼吗?他问。不疼,就是冷,过一会儿,会越来越疼。同桌说。

他忍不住问,你怎么不混了?

一不小心,有了孩子。

他又引出大肚子一肚子话。

次日一早,他在岳母小区的门口,接走了孩子。他知道,岳母躲在一棵榕树的后面,在他回头的时候,岳母已经从榕树后走出来,呆呆地看着他。于是,他朝岳母挥了挥手。岳母的眼神躲了一下,但身体没有再躲到榕树后。她对他笑了笑,也许是尴尬，也许是羞涩，也许还带着一份怜惜。你要承认，他比你爸好多了。他想起岳母之前的一句话。当时，岳母和岳父都来到他家里（当时是他和前妻共有的家），对他们的女儿做了最后的劝解。他们一起指责自己的女儿。但是，岳母的这句话让岳父沉默了，此后，岳父像他一样，一言不发。

他把孩子带到了家里（在法律上，不再是孩子的家），然后，把伸缩式金箍棒交给孩子。他们打斗了一会儿。他发现，孩子有些闷闷不乐。孩子似乎怀揣着一件难以言说的心事，因此，他不得不暂缓把吐血胶囊置入口中。怎么了？他问。爸爸，我太喜欢这根金箍棒了，我太想把它带到外婆家了（外婆家！孩子的表述多么精确）。那你带回去啊。他说。可是，妈妈不会同意的。妈妈怎么会不同意呢？他问。爸爸，你不知道，妈妈把我的金箍棒都扔了。为什么？他问。因为我拿着金箍棒，打到了一个叔叔。一个叔叔？他问。我根本不认识这个人，我一点都不喜欢这个人（这个人！孩子的表述多么精确）。这个人怎么了？他急切地问。有一天晚上，他来外婆家，和妈妈聊天。他们聊了很久。他们聊得越久，我就越讨厌他。于是，我故意在他面前玩金箍棒，把金箍棒打到了他头上。妈妈气坏了，当着叔叔（为什么又成了叔叔？）的面，打我的屁股，还把我的金箍棒扔了。妈妈说，再也不准我玩金箍棒了。爸爸，我该怎么办呢？孩子一边说，一边哭。他抱住了孩子（这会不会是和孩子最后的拥抱？）。告诉爸爸，他们在哪儿聊天？在客厅。孩子说。他哦了一声，像是放下了一桩心事（又何必在意聊天的场所？）。别哭，爸爸会跟妈妈说的。可是，妈妈不会听你的。爸爸，妈妈什么时候听过你的话？孩子哭得更伤心了。他擦掉孩子的眼泪。那先把金箍棒寄存在爸爸这里吧。孩子点了点头。要不，中午去吃快餐吧？他转移了话题。爸爸，那我可以点一个冰激凌吗？孩子睁大泪汪汪的眼睛说。当然可以。他说。两个可以吗？他又爽快地点了点头。谢谢爸爸！孩子破涕为笑。

于是，战斗又打响了。

他背过脸去，把吐血胶囊含进嘴巴。孩子的金箍棒正戳到了他的肚子，他连连退了几步，一只手捂着肚子，一只手指着孩子，断断续续地说，你，你，你太，太厉害了……接着，咬破吐血胶囊，张开嘴巴，单腿跪地，倒了下去。假血从嘴角慢慢地流出来。孩子惊呆了，远远地叫了两声爸爸，几乎哭出了声。他连忙睁开眼睛，活了过来。快扶爸爸起来。他虚弱地说，同时慢慢地伸出手。孩子踌躇地走过去，抓住他的手。孩子的惊魂不定，带给他一种满足感。他顺势坐了起来，掏出胶囊，在孩子眼前晃着。

你被我骗啦！

孩子把玩着胶囊，情不自禁咬破了一粒，假血也从他的嘴角流出来。父子二人你看看我，我看看你，面目狰狞地笑着，然后，意犹未尽地走进卫生间，在盥洗镜前继续端详自己。孩子说，爸爸，你能送我一盒吗？这正是他所期待的。不要对妈妈说是爸爸送的。孩子不假思索地答应了。（你办不到的，他想。）过了一会儿，他们从卫生间里出来，背靠沙发坐在地上。他的手搭着孩子的肩，孩子的头枕在他的胸前（多么幸福的时刻！）。

有件事，爸爸想和你聊聊。

怎么了，爸爸？

爸爸可能生病了。爸爸不知道该怎么办才好。

你得去医院啊，就像我生病了，你带我去医院一样。

爸爸知道。但是，爸爸真的很害怕。

爸爸，要我告诉妈妈吗？

别告诉妈妈。

为什么？妈妈是医生。

（他不知道该怎么回答孩子的问题。）

爸爸，你现在最大的梦想，是不是自己没有生病？

嗯？

你知道我现在最大的梦想是什么吗？

是什么？

我想要一条红领巾。爸爸，我已经考了好几个一百分了，你说，我什么时候会有红领巾啊？

天暗的时候，他和孩子走进了第九区。他知道，孩子一定会喜欢第九区的。之所以没带孩子来过，是因为前妻（也包括他）觉得，第九区不卫生。但是，他现在知道，前妻背着他们去过，而且不止一次。他带着孩子，在第九区溜达了一圈。第九区如同一幅折了几折的清明上河图，在他们面前呈现出来。它是由流动摊位和店铺组成的。流动摊位一般由三轮电动车改装，大多依围墙而设，也有的占道经营。第一折，即第一排楼房，都是小吃铺；第二折至第四折，掺进了理发、洗脚、按摩、美甲、婚介、医药等店铺；第五折，几乎变成了五金建材市场，此时大多已经关门。他们很快从第五折踅出来，穿过一条小巷，回到了第一折。他注意到，第九区的店铺，有许多冠以地域的名字，比如，西安肉夹馍、温州鱼丸、台湾卤肉饭、遵义羊肉粉、成都串串香、高阳馄饨等；缺乏地域性的，则往往冠以姓氏的名字，比如，不在少数的烧烤、龙虾、生蚝等店铺。琳琅满目的小吃，让孩子难以抉择。他们决定，回到入口，一个挨一个吃过去，直到吃不下去为止。

他们在一家奶茶店门口排队。队伍很长，需要等上一段时间。他张望了一下，看到前方发生了冲突。他没有多加思考，就离开了队伍，向前方迈出步伐。然后，突然想起了什么，把手机递给了孩子。如果爸爸出事了，就给妈妈打电话。他想。孩子紧紧地跟着他。他告诉孩子，好好排队。他侧着身子，一边向前迈进，一边对孩子竖起大拇指。别担心，爸爸会回来的。他想。在经过大侠生蚝时，他向大肚子招了招手，大声说，大侠，前方出事了，我们去看看。夏天的晚风依然燥热，空气异常的沉闷，他的额前和脸颊积蓄着一颗颗汗珠。他又回头看了看孩子。与此同时，他也看到了一个自信、坚定、豪迈的自己。好像不是自己，而是萧峰。接着，像大肚子扔花生米一样，他把一粒吐血胶囊弹向半空，张口接住。

他走到人群之中，拍了拍一个当事者的肩膀。当事者穿着背心，肩胛骨上露出一条青龙的爪子。他立即产生转身离开的念头。但是，来不及了。他不知道说了几句什么，一个拳头挥来，撞上他的颧骨，接着扫过鼻梁，最后，从眼镜的下边框一掠而过。他不由得张开嘴巴，吐血胶囊飞了出来，悄无声息地落在地上。他脸部的肌肉几乎与骨骼分离，一颗颗汗珠随之抛洒开来。在眼镜即将脱落之际，他瞥见一个柔软的白肚子正摇摇晃晃地朝他走来，好像有一条温暖的棉花被盖下来。接着，眼前归于模糊。

一切都在掌握之中。

他睁开眼睛，看到了一片白色。前妻穿着白大褂，站在他面前。醒了？前妻不耐烦地问（一个好征兆）。醒了。他微笑着说。那么，我该走了。前妻说。没事吧？他小心地问。你想有什么事？前妻反问（一个好征兆）。他低下头，不说话了。你妈马上就过来了。前妻说着，拎起手提包往外走。需要动手术吗？他又小心地问。什么？前妻问。我是说，有内伤吗？前妻鄙夷地笑了一下（还是一个好征兆），走到门口，转过脸说，你怎么会打架了？他诚恳地说，只想伸张正义，没想打架。以后，不要在孩子面前打架。前妻说着，走了出去。

他独自躺了一会儿。他记得，上一次躺在病床上，还是前妻生产的时候。时间过得真快啊。可是，现在很慢。他撑着床板坐起来。阳光很烈，外面的世界白灿灿的。他想，还是看会儿书吧。

于是，他给小周拨了一个电话。

小周，我在医院。

你去复查了？

嗯。

没事吧？

一点皮外伤。

皮外伤？

是的。他平静地说，在我办公桌的文件架上，从左往右数，第二个文件夹，里边装着一本武侠小说，是《天龙八部》第五册。你能带来给我吗？

假如

一

一个初春的夜晚成为李椿本年度的第一个失眠之夜，和一个名叫余佳的女孩联系在一起。那个夜晚，李椿躺在床上辗转反侧，不可自拔地陷入了天马行空的想象之中。他时而感到余佳化作一只灵巧的银色蝴蝶，在他的周身轻盈飘荡，时而感到余佳变成一只扎人的金色马蜂，撕咬在自己每一根脆弱的神经上。

女孩余佳无可救药地占据了李椿的整个世界。那个夜晚，李椿突然意识到，自己应该毫不犹豫地立即付诸行动。于是李椿猛地从床上跃起，走向自己零乱的书架，开始急切地搜寻起纸张和笔来。在一阵徒劳无功的忙碌之后，李椿才发现，纸笔正安详地躺在书桌上。李椿心满意足地拿起纸笔，重新钻入已经冷却的被窝，然后闭上眼睛，吁了一口长气。此刻,他雀跃的心脏已经按捺不住紧张和兴奋,以至于胸前的被褥都为之颤动。李椿仰起头,再次长吁了一口气,睁开了眼睛。

李椿专注地盯着眼前的纸。起初,他试图情真意切地记录下自己可以长达十多页的心路历程。但是紧接着,他把所有的精力都集中在了一个字上——“啊”。李椿狂躁地写着“啊”字,并在其后使劲地画上了一连串硕大的感叹号。这种无声的宣泄方式,使李椿在那个夜晚莫名其妙地得到了满足。

李椿不停地追问自己,假如,明天,也许后天,他向女孩余佳表白,将会得到一个怎样的结局?这个问题当然只有远在他方梦乡中的余佳可以回答,但是那个夜晚李椿凭借自己缜密的逻辑推理,实现了自己和余佳的角色置换——在他看来,无外乎如下三种可能:

第一,当面拒绝;

第二,没有回答;

第三,爽快接受。

李椿认为,第三种令人亢奋的结局,和第一种让人心沉谷底的结局一样,发生的几率都微乎其微。李椿无法找到余佳讨厌自己的理由,同样也毫无迹象表明,自己就是余佳心仪的对象。李椿在进一步的推理中发现,即使第二种情况,也还可能衍生出如下三种反应:

第一,嫣然一笑;

第二,默然无语;

第三,转移话题。

李椿挣脱自己缜密的推理,开始在混乱的脑海中,精心布置与余佳独处的不同场景。那个时刻,余佳穿着一件白色的羽绒服,和李椿一起坐在一间幽暗的茶屋里。李椿注视着余佳,他感到余佳明净的双眸就像一面镜子,让自己的内心在瞬间袒露无遗。于是他下意识地挺了挺身子,调整了一下坐姿。然后,他透过红烛微弱的光线,干脆利落地对余佳说道:“我希望你成为我的女朋友。”此后,将出现三种不同的场景:

场景一,余佳看着李椿一本正经的神情,扑哧一笑,转了几下眼珠,又咯咯地笑了起来,接着她爽朗地盯住李椿,直接表示自己正在等待李椿的下文;

场景二,余佳看着李椿一本正经的神情,缓缓垂下头,沉默了片刻,接着她漫无目的地瞟着四周暗淡的墙壁,似乎在用眼睛的余光等待李椿自己岔开话题;

场景三,余佳看着李椿一本正经的神情,愣了一下,然后突然说道:“昨天报纸上说……”

李椿最后发现,无论出现何种场景,自己都无法收到余佳的确切信息。因为无论余佳出现何种反应,都可以同时包含两种截然相反的解释,只要李椿有足够的精力,推理还可以无限发展下去。因此,李椿感到自己整个夜晚的冥思苦想都毫无用处可言,相反只收获了眼圈的丝丝疼痛。这让李椿十分沮丧,于是他疲倦的身子一下子从紧绷的状态瘫软了下来。他迷茫地看着天花板,一圈黄色的灯光正被灰色的世界团团围住。

二

此刻,李椿僵硬地走在阴冷的大街上,如同一个奔赴刑场的勇士。在李椿看来,自己踏出的每一个脚步都充满感召的力量,但是在行人眼中,他的双腿如同捆绑着沙袋,显得步履艰难。

李椿的脚步停在了一家花店的门口,然后他义无反顾地走了进去。周围群芳绽放。李椿首先感到的却是一阵晕眩,因此他闭上眼睛,扭了扭僵直的脖子。

一个穿着大红色毛线衫的女人迎面走来。李椿立即闻到了一股浓腻的香水味,仿佛有无数颗刺鼻的细菌侵入自己的身体。他不由自主地退了一步,怔怔地打量着这个妖冶的女人。

“买花吗？”女人微笑着贴了过来,问道。

李椿点了点头,局促地转过身子,开始浏览起各色各样的鲜花来,但是他的视线却更多地停留在了大街上。

“是买给女朋友吗?”女人径直朝街面走去,“买玫瑰啊?我们这里的玫瑰最鲜亮了。”事实上,女人并没有给李椿商量的余地,她背对着李椿弯下腰来,从一个花桶中遴选起玫瑰来。

李椿没有走过去观察玫瑰的色泽,而是站在原地张望了一下路上熙熙攘攘的人群,才警惕地向前缓缓挪动几步。李椿打量着女人身后隆起的屁股,感到女人滚圆的屁股就像一个硕大的南瓜一样,因此他对着她的屁股发出了偷笑的声音。女人说:“我给你选上十五朵粉色的吧?”她转过头,这回却用上了商量的语气。李椿立即移开了视线,对着一棵墨绿色的假树思忖了片刻,加重了力度点了点头。

李椿手持着一束粉红色的玫瑰从花店里走了出来。起初,李椿双手把玫瑰紧紧捧在怀中,接着,他感到有几个行人好奇地瞥了他几眼,因此他改变了玫瑰的朝向,让玫瑰对着地面,仅仅用一只手随意地拿着。玫瑰随着李椿双手的摆动而阵阵摇动,当李椿回头的时候,发现路面散落了几片花瓣,于是李椿又重新提起玫瑰,紧紧握在胸前。

李椿发现自己无论如何,都无法让玫瑰处于一种自然的状态。他开始疑惑自己为什么刚才同意女人选择了粉红的色彩。李椿第一次发现,自己根本就不喜欢粉红色,它既没有白色那样纯净,也没有红色那样鲜明,为什么要用这种颜色象征初恋呢?李椿对这次失败的选择懊悔不已,于是他加快了步伐，但是随之而来的却是众多行人追逐的目光。李椿感到正有无数双眼睛注视着自己，因此他的额前渗出了几滴汗珠，他想放慢脚步，但是脚步没有听从他的使唤。

李椿终于拐进了一条幽暗的小巷。使他感到庆幸的是，这条小巷刚好可以曲折地抵达自己的家。李椿茫然四顾了一下，靠在一面墙壁上长吁了一口气。此刻，他突然记起，自己原先的计划是怀揣鲜花送人，而不是回家了事。于是李椿立即掏出手机，找到了余佳的号码。李椿急促地按下余佳的号码，但是在按到最后一个数字时，他开始怀疑自己此刻的状态是否适合同余佳见面。李椿想到，假如自己在一个不适当的时候出现，以一种不适当的方式表达，只能收到适得其反的效果。对此，他转过身子，面对墙壁坚定地点了点头。

李椿小心翼翼地把玫瑰靠在墙上。他的神经随时警惕着邻近大街上的动态，同时又握紧拳头，狠狠地撞击着墙壁。墙壁发出隆隆的声响，和着外面的汽笛声缓缓扩散开去。

李椿无奈地把双手交在胸前，开始在小巷里踅来踅去。李椿只能确定自己应该立即采取行动，但无法确定自己究竟采取何种行动。最后他认定，余佳之所以可以长时间地印在自己的心中，正说明余佳是一个脱俗的女孩——因此，自己绝不能用一种落俗的方式，去追求一个脱俗的女孩。

李椿在做出这个决定后，心满意足地放松了下来，因此他朝着家的方向阔步而去。但是当他回头的时候，发现那一束玫瑰花已经倒在了小巷的墙角。

三

连续几天，李椿蠢蠢欲动，却没有任何行动。李椿在每一个夜晚毅然做出的果敢决定，都在第二天的清晨不攻自破。这种反复自我否定的过程令李椿倍感煎熬，此刻，他耷拉着脑袋，突然想起了好友柳絮。

柳絮的脚步一如她的性格一样爽朗明快，因此李椿几乎在百米开外，便已经感受到了柳絮。在柳絮抵达的时候，李椿立即站了起来，激动不安地展开了滔滔不绝的陈述。柳絮目瞪口呆地看着眼前形象乖戾的好友李椿，耐心地听完了他过于冗长和富有修辞的陈述，最后振振有词地说：

"李椿，这种事情你干坐在家里是不行的，我带你去城隍庙算一下命吧。"

翻越了一座山之后，李椿和柳絮顺利抵达城隍庙大雄宝殿，迎面而来的是一尊静穆的佛像。李椿首先以自己惯常的警惕，扫视了一下四周。里面空无一人，因此李椿放松下来，他顺从地按照柳絮的指示，跪在大殿的拜垫上，双手合十，拜了三拜。出乎李椿的意料，在柳絮的脸上，始终保持着一种庄严的神情。李椿无法判定，这是因为一场佛事必须配备的神情，还是柳絮为了捉弄自己特意营造的效果。当李椿正欲询问柳絮接下去的程序时，柳絮从靠近佛像的桌上捧起了一个装满竹签的竹筒。她正对着李椿说："现在，我帮你摇一下签。"

李椿一动不动地跪在拜垫上，瞪大了眼睛盯着柳絮，等待着她的下一个指令。

柳絮说："闭上眼睛，心里默念余佳的名字。"于是李椿立刻闭上了眼睛。接着，他听见竹筒发出沙沙的声响，如同许多雨点落到地上一样。雨点继续发出沙沙的声响，但是李椿的想象始终停留在一根跳跃出来的竹签上。李椿绷紧了神经，他感到那根跳跃出来的竹签，发出了刺眼的黄光。

柳絮突然咯咯地笑了起来，叫道："李椿，你看，是上上签！"

李椿的脸像烧着了一样滚烫火红，他激动地睁开了眼睛，冲上前去，用一只兴奋得已经发抖的手，从柳絮的手中夺过竹签，仔细地辨别起来。

"真是上上签……"

但是紧接着，李椿就巴望着眼前的好友柳絮，惶惶地说道："那现在我该怎么办啊？"

柳絮没有回答李椿的问题，而是径自在大殿里转悠。她仰着头，好奇地观赏着大殿里不同的佛像，一根手指时不时敲着自己的嘴唇。李椿的视线一直随着柳絮的移动而移动，这令他心神不定。因此，李椿克制地坐到桌前，同时要求柳絮坐在他的对面。柳絮没有立即同意李椿的要求,而是大踏步走向李椿,双手摁住李椿的头部,使劲地摇晃了起来。

李椿叫道:“你干什么啊!”

柳絮说:“我得让你清醒一点。”

李椿说:“让我清醒的话,你现在就坐到我的对面,把自己当成余佳,让我先试着表白一下看看。”

柳絮气呼呼地坐到了李椿对面。她冷冷地注视着李椿,然后痛快地说:“我现在就是余佳了,你想说什么就说吧。”

在柳絮坐到自己的对面之后,李椿不再理会柳絮的神情,而是开始酝酿一种和余佳端坐在茶室里的情绪。此刻,李椿看见,余佳正穿着一件灰白相间的方格子外套,和自己一起坐在一间幽暗的茶室里,于是李椿深情款款地注视着余佳,下意识地挺了挺身子,调整了一下坐姿,干脆利落地说:“余佳,我想你成为我的女朋友。”

柳絮婉转一笑,直视着李椿,以同样干脆利落的口吻说:“对我说这句话的男人你可不是第一个了!”

李椿抗议地摆了摆手,他认为真实的余佳绝对不可能以这种方式回应自己,因此他告诉柳絮重新来过。

于是李椿再次干脆利落地对柳絮说:“余佳,我想你成为我的女朋友。”

柳絮垂下头,淡淡地笑了一下,羞涩地移开了视线,缓缓说道:“你说什么呀?”

李椿呆若木鸡地看着柳絮，他对柳絮此刻的表现十分满意，于是他诚恳地问道："假如余佳真的这么说，我该怎么说？"

柳絮没有继续配合李椿不着边际的想象。她突然朝着李椿咯咯地笑了起来，然后离开了座位，捂着肚子继续大笑不止。柳絮夸张的笑容证明，她已经憋了很长时间，这令李椿恼羞成怒。在李椿正欲斥责柳絮的时候，柳絮朝他摆了摆手，停住了笑容，以一种异常严肃认真的神情，说道：

"李椿，假如你真的喜欢余佳，你就应该立即行动，去约她，关心她，告诉她你喜欢她——无论你采取什么样的方式，只要她觉得你可以，你就会有机会。你为什么要有这么多顾虑呢？"

四

在一个飘着皑皑白雪的晚上，李椿与余佳不期而遇。那时候，余佳撑着一把伞，拎着一个纸袋，独自走在熙熙攘攘的大街上。李椿感到自己在那个时刻碰见余佳，就如同这座城市三月飘雪一样显得不同寻常，因此他首先小心翼翼地跟在余佳的后面，仔细考虑自己如何展开同余佳的交谈。

李椿的目光停留在了余佳浅绿色的雨伞上。他的脑海中突然迅疾地闪过一个念头，于是他左右观察了一下，十分利索地合上了手中的雨伞，随手丢向店面之间的一条小巷。然后他阔步上去，叫了一声余佳的名字。

余佳转过头，惊讶地说："李椿？"

李椿问道："去哪里啊？"

余佳说："回家啊。你呢？"

李椿神秘地说："我正在欣赏雪景，不知道要到哪里去。"

余佳也跟着神秘地说："怪不得不带雨伞，那我成全你，不给你撑了。"

李椿对余佳的回应颇感失望，因此他在雪中的形象就显得有些干巴可怜。有几片雪花滑过了李椿的嘴唇，有几片雪花落在了李椿的肩膀上，有几片雪花弄湿了李椿的脖子，但是李椿全然不顾雪花飞扬的事实，他转向余佳的视线始终游离在余佳头上的雨伞上。余佳咯咯地笑了起来，她一边把雨伞递到李椿的手上，一边拿出纸袋中的手提包，问："我刚逛街买的，你觉得怎么样？"

李椿顺势接过伞，他显得如此心满意足，以至于并没有经意这是发自余佳的提问。他按照通常的习惯，朝提包瞥了一眼，随意地说："太花了点。"

余佳噘了一下嘴，没有说话。李椿意识到了什么，在暗骂了自己一声后，他接着说："不过看起来很有味道。"

余佳摇了摇头，继续走向前方。余佳的默然令李椿显得有些局促不安，因此他几乎是以争夺的方式，用手中的雨伞换来了余佳手中的提包，然后他双手捧了起来，点了点头，斩钉截铁地说：“越看越好看！”

余佳嫣然一笑。她一只手继续撑着伞，一只手拿起纸袋，暗示李椿放回原处。

李椿此刻感到今晚的飘雪让空气显得十分柔和，于是他跟着余佳的笑容也笑了起来，在他把提包装回纸袋的时候，特意微微地凑近了余佳，轻声问：“要不一起去喝杯咖啡暖暖身子吧？”

余佳低下了头，想了一会儿，对李椿报以歉意的笑容：“我还是觉得被窝里暖和一些——我想回家了。”

李椿怔了一下，他看着余佳，他感到余佳同样看着自己的眼睛，明净得如同一面镜子，让自己的内心袒露无遗。因此他迅速躲开了余佳的目光，木然地盯住了前方并不确定的一片雪花上。

此后，李椿的注意力便滞留在了余佳回绝自己的这个片段。他们的交谈仍然继续，但是已经不再重要。李椿反复揣测着余佳的心理，他的脑海中时隐时现着不同的景象，直到余佳消失在电梯里面。

李椿点上一根烟，浑浑噩噩地独自走在大街上。不知出于何种原因，李椿突然拐进了一个名叫“金碧辉煌”的迪厅。他用门票换了两瓶啤酒，在嘈杂的迪厅里漫无目的地挤来挤去。

“金碧辉煌”闪烁不定的霓虹灯光使整个世界都处在天旋地转之中,震耳欲聋的音乐让李椿身上的血液有了一种随时喷涌出来的感觉。他的心脏以和音乐同样的速度激烈地跳动着,他的脚筋抽动了全身的神经,他的脑袋不由自主地晃动了起来。这是一个未知的世界,这个世界在无尽的狂躁之中迷漫着不安的情绪,在虚假的热烈之中涂抹着颓废的色彩。这个自己从未介入的世界此刻却属于自己,因此李椿尽情地仰起脸,满满地灌了一口啤酒。

李椿靠在一个栏杆上,观赏着那些在迪池中摇晃着的人。一个装扮艳俗的女人站在栏杆最近的地方劲舞着,她飘动的长发,时不时扑向李椿的头。李椿没有回避,因此他感到自己的头发上如同爬着无数只蚂蚁一样瘙痒不止。女人也许没有注意李椿的存在,她闭着眼睛,继续疯狂地舞动着。女人舞动的身姿让她的胸部也随之摇晃起来,在李椿看来,它们如同两个柔软的热水袋一样忽上忽下。

女人突然仰起脸,以一种只有男人才有的厚实的声音,对李椿大声说道:“哥们儿,晚上一起喝几杯吧?”

李椿惊悸地离开了栏杆,他的眼睛始终注视着对面的女人,似乎在用自己的目光判断眼前发生的事情是否属实。

女人对着李椿发出了肆无忌惮的笑声,然后她不屑地转过身子,继续在迪池中猛烈地摇晃起来。

李椿缓了缓神,他觉得今晚发生的一切都显得有些不同寻常。李椿迅速离开了“金碧辉煌”。此刻,他似乎恍然大悟……这个世界充满了荒诞的色彩,等待和拖延无异于一场慢性自杀……因此他就在“金碧辉煌”的门口,不敢有半点犹豫地拨通余佳的手机。

李椿说:“你睡了吗?”

余佳说:“正在看书呢……”

李椿说:“要不出来坐一会儿吧?”

余佳说:“刚才不是说过了吗?我想睡一会儿了……”

李椿惨淡地笑了一下,以一种异常虚伪的声音说道:“柳絮,刚才我对你说什么了?”

余佳说:“柳絮?”

李椿闭上眼睛,说:“你是余佳?哦,我打错了——我以为你是柳絮。”

余佳淡淡地说:“柳絮是谁——那我挂了。”

音乐的灵感

刘军走到我的面前,振振有词地说:"那些迷人的旋律会掩盖柴可夫斯基作为伟大作曲家的深沉和厚重,而舒媛楚楚动人的面容,也容易让人忘记她宁静内敛的气质。"多年以前,刘军正是以这句话先行一步,正式展开对舒媛的追求。"舒媛还拥有女性最缺乏的品质,"刘军讳莫如深地对我说,"吴光,你知道是什么吗?"

我问:"是什么?"

刘军满意地点了点头,说:"是幽默。幽默正是女性最缺乏的品质。能说会道的女人只能证明自己的肤浅。幽默作为一种内在的气质,并不依赖于语言和肢体动作,它使舒媛的宁静内敛更加迷人了。"

两年后的一天早上,刘军突然闯入我的宿舍,像一个强盗一样掀开了我身上的被子。刘军没有觉察到我一脸的不悦,他扬声说道:"吴光,你现在马上给我两千块钱!"作为年近三十的单身男人，清晨一直是我浮想联翩的美好时光。刘军的唐突造访，使我精心制造的一个爱情故事戛然而止。

“你不是说早就丢了我宿舍的钥匙吗？”我说。

“事实并不重要，”刘军嘿嘿地说，“你的钱包放在哪个裤袋里——地上这条还是墙角那条？”

我无可奈何地指了指地上。刘军一把拾起裤子，利索地掏出钱包。一副迟疑的表情在他脸上一掠而过，接着他释然地对我说：“你在床上等着，我马上回来。”

未过多时，刘军气喘吁吁地拎着大小四个纸袋又重新出现在我的面前。他举起双手，向我展示了自己在这段时间的斩获。“一件休闲装，一条牛仔裤，一双休闲鞋，外加一件羊毛衫。”刘军娓娓道来，“当然，这些都是为你准备的。”

“刘军，你疯啦，”我从床上一跃而起，“你忘了我是个穷光蛋了吗？”

“这无关紧要，”刘军平静地说，“你知道，舒媛不会喜欢呆板拘束的男人，所以你必须改变形象。”

“刘军，你真疯啦？”我恶作剧般地怪笑了起来，“你老婆舒媛不喜欢呆板拘束的男人，关我什么事啊？”

刘军从书桌上的烟盒中取出一根烟，故作平静地坐下来说：“你比我更清楚，你是一个机会主义者。你相亲失败的频率和我与舒媛争吵的频率总是惊人的一致——这正是你余情未了的证明。”

“刘军,你果真是疯了。从你自以为是地爱上音乐的那天起,我就知道你迟早会疯掉的……”

刘军吐出一口烟,正色说:“如果不出意外,我和舒媛就快离婚了。”刘军伸手挡在我面前,阻止我插话。他站起身,接着说:“你不必费心追问我和舒媛离婚的真正原因,所有的原因都不过是用来搪塞的借口,我最害怕语言成为互相欺骗的道具。我只是需要证实,你现在,是不是还爱着舒媛。”

我目瞪口呆地看着刘军。过了好一会儿,我才痛下决心似的说:“不,刘军,作为兄弟,我最关心的是你为什么和舒媛离婚。”

与刘军不同,我一直钟情于舒媛,是因为楚楚动人的舒媛向来是一个直接明快的女人。刘军对舒媛的死缠烂打曾经被我在暗地里诅咒数次。有一次,刘军躺在我的被窝里,亢奋地向我汇报自己出乎预料的进展情况。“当然,是音乐打动了她,尽管我对此一无所知。但是,你也知道,我和所有伟大的音乐家一样,都有一个特点,那就是超凡的想象力。所以,更准确地说,是想象力征服了舒媛。”

刘军眉飞色舞的叙述使我越发难以忍受。有那么几天,我甚至违心地希望刘军真的如愿和舒媛交往,搬离我本就狭窄的宿舍——因为按照我对刘军的理解,他一旦失恋反而更加可怕,他漫长的总结陈词将如同梦魇一样与我纠缠不清。

但是事情真的朝这一方向发展，又使我陷入难言的痛苦之中。不久之后，我们就看见，舒媛脸上的笑容发生了改变，迷人依旧，同时增添了幸福的色彩。对我来说，舒媛舒展的笑容如同电光一样炫目。但是作为刘军的兄弟，我仍然要装出一副道贺者的模样，加入朋友们恣意打趣的阵容。

“刘军，你小子可真是艳福不浅啊！”

“刘军，你可别高兴得太早，你现在成了我们共同的敌人啦！”

“刘军，你说你这么根竹竿，怎么会钓到舒媛这样的美人坯子呢？”

刘军故作深沉地扫了我们一眼，说：“按照舒媛的说法，我就像柴可夫斯基音乐的旋律一样，同时拥有跌宕起伏和行云流水般的气质。”

后来，舒媛和刘军手拉着手，同时出现在我们面前。他们一窝蜂地迎了上去，发出前赴后继的欢笑声。我跟在他们的屁股后面，感到自己的每一根头发都立得直挺挺的。

“舒媛，刘军说你说他像柴可什么的音乐一样跌宕起伏还行云流水，我们不相信。刘军身上就那几根排骨有点跌宕起伏，你说是不是啊？”

舒媛低着头，依着刘军的胳膊“咯咯”地笑了起来。

他们又像发现新大陆一样叫了起来：“舒媛，这里也就刘军的排骨可以用来弹钢琴了——你看，刘军这一身排骨，就是隔着这么多层衣服还那么跌宕起伏啊！”

紧接着，他们就露出了真实面目：“舒媛，你是不是见过刘军的排骨了？”

我巴望舒媛做出否定的回答。但是舒媛温和地笑着，真相由此变得扑朔迷离。刘军不容置疑地扫了扫我们好奇的目光，说：“对，是见过了，并且，就在这个冬天！”

就在这个冬天，瓦格纳《特里斯坦与伊索尔德》的旋律在一间素白的客厅里响了起来。天蓝色的休闲西装、橘黄色的羊毛衫、浅蓝色的牛仔裤以及一双黑亮的休闲皮鞋，以一种异常陌生的方式包裹在我的身上。我发怵地端坐在舒媛的对面，首先听到了舒媛清朗的笑声。

舒媛指了指茶几上的衣服，对我说：“刘军换洗的衣服我都已经准备好了，你可以拿去了。”

我疑惑地看着舒媛，此行的借口居然被她一语道破。“你到我家拿衣服只是一个借口。”在此之前，刘军躺在我的床上，语重心长地说。然后，他“嗖”的一声从床上跃起，强令我穿上刚刚买来的新装。

“刘军就是这么喜欢逃避现实，我已经习惯了。”舒媛坦然地笑着说。但是我发现舒媛伪装着自己的疲倦。她在站起来时脸上掠过了一丝茫然，蹲下身子时，脸上的表情又有些僵硬。我的目光落在舒媛伸出去的手上，接着看到在乳白色的抛光砖地面上，散落着许多个碟片盒。它们凌乱不堪，如同被人遗弃。

我也顺势蹲下身子。舒媛稍加犹豫，还是将手中的碟片盒递给我，接着说："这就是我们曾经的爱情。"

盒子上用双面胶贴着一张便条，便条上装点着几行五颜六色的漫画字：

媛：

门德尔松

一杯散着淡淡清香的菊花茶

为你起床时准备的

我拾起地上的另一个盒子，上面写着舒媛纤巧秀丽的行书：

军：

德沃夏克

维所卡村的鸽子飞来了

我也开始想念家乡了

我默不作声地整理着碟片。舒媛恬静地一笑说："那会儿，他居然还是个对音乐一窍不通的人。"

我说:“但是刘军现在真的爱上了音乐。”

舒媛摇了摇头:“其实,我宁愿他一直不懂音乐。”

碟片里亢奋不羁的音乐终于停息了。我和舒媛也陷入长时间的无语。白色的房子里失去了任何声音。也许是出于缓和气氛,舒媛突然问我:“他这几天都在干什么?”

“刘军——这几天爱上了睡觉。”我说。

“我就知道,”舒媛取出了刚才播放的碟片,噘着嘴说,“既然让你看了这么多东西,也顺便惩罚一下你吧。”

我愕然地盯着舒媛。舒媛轻盈地转过身子,顺着茶几弯下腰。我的视线就停在她像弓一样隆起的屁股上了。

“这个你交给他吧。”舒媛在碟片盒上贴了一张便条。便条上写着:

重温一下瓦格纳《特里斯坦与伊索尔德》

为所有梦中最美的梦树立一座纪念碑

当然,我是现在才知道,刚才听到的,就是这个叫瓦格纳的德国人写的一曲《特里斯坦与伊索尔德》。此后,在我和舒媛频繁的约会中,我陆续知道了更多音乐家的名字。但是,也仅限于知道而已。即使我和舒媛同床共枕,那些震撼的西方古典音乐也会像催眠曲一样,轻易把我带入梦乡。

“舒媛越发爱上瓦格纳的羊癫疯般的风格，我却渐渐对勃拉姆斯情有独钟。”刘军看了看我手中的碟片，又点上一根烟，一板一眼地说，“瓦格纳疯狂浮躁的音乐背叛了德国人的内向和深沉，相反，只有勃拉姆斯这个十足的落伍者才在那个时代茕茕孑立，洁身自爱。”

“这就是你和舒媛分手的原因吧？”我不屑地打量着刘军。

刘军拍了拍我的肩膀说：“你和舒媛一样，喜欢借题发挥。”

我挥开刘军的手说：“我厌恶你这种故作高深的姿态，我希望你听听我的劝告！”但是刘军没有回话，他收拾起我带来的衣服，一件件地装进一个旅行包。那本来是我用来搁旧衣物的。但是此刻，我的旧衣物已经被扔在地上。

“你这是干什么？”

“我要离开这里。我和舒媛的事，其实我和她已经谈妥了。”刘军避开我的目光，接着他掏出一封信，“这是我写的离婚协议书，我已经签字了。如果舒媛有什么改动，就让她随便改吧。接下来的事情，就全部由你代劳了。我相信你的能力。”

一切发生得过于突然。我不知所措地目送刘军走下楼梯，接着又立即跑向窗台，继续目送刘军离去。但是刘军没有回头，他的身子随着迟缓的步伐渐渐远去。不知道为什么，我的心里忽地涌起一股热流。舒媛甜美的笑颜在我心中不期而至。直到刘军的背影完全消失在嘈杂的马路上，我才注意到书桌上摆放着一张刘军留下的光盘，它的下面压着一张皱巴巴的稿纸。在稿纸上，刘军留下了几行醒目的大字：

临别前感谢你曾经给我的爱情时光
祝你能在新的幸福中徜徉

但是刘军选择的这张稿纸，却布满了我像蜘蛛网一样密密麻麻的笔迹。

我不得不承认，我和舒媛的故事就是从这张光盘开始的。在那间素白的客厅里，响起了一首温情的室内乐。舒媛捧着光盘盒，安静地听着，她的目光始终停滞在房间一个不确定的场景上。一曲终了，她指着贴在盒上的彩纸便条说："你一定找得很辛苦吧？"我如实相告，这是刘军临走时留下来的。舒媛摇了摇头说："我知道你在竭力模仿刘军的笔迹，不过我还是认得出来。"我不会撒谎，但也不想否认，于是选择不再作声。我们相视而坐，又有了片刻的沉默。舒媛意犹未尽地说："你会选择勃拉姆斯，选择《山谷间的落日》，选择这两句歌词，我想你一定费了很长时间。"舒媛对我淡淡地笑了一笑，接着我也故作会意地对她笑了一笑。

一切来自误会。

但是很长一段时间，我都像一个心怀叵测的私家侦探一样，只是在悄然关注舒媛的日常生活。我时常在舒媛小区的门口踅来踅去，在她下班的地点东张西望，甚至在周末的早晨，还会尾随她一起到菜市场。我渐渐发现，舒媛喜欢在周末的下午仰躺在广场的草坪上享受阳光，喜欢下班的时候走进一家蛋糕店买一份提拉米苏作晚餐，喜欢慢慢地游走在商场里试穿各种稀奇古怪的衣服，喜欢在夜幕来临的时刻独自坐在咖啡馆窗前品尝血腥玛丽。我还曾经看见舒媛和一群女友冲进酒吧，趁着一点点的酒兴恣意放笑，并且戴上一个可爱的面罩跳舞。有一天傍晚，在舒媛从一个理发店出来的时候，我居然发现她烫了一个锅盖似的爆炸头，一个人趾高气扬地走在大街上，但是第二天再遇见时，她却已经换回原来平整的刘海。

"她其实是个自相矛盾的女人，不安于现状又拘泥于现状。"刘军曾经这样无精打采地评价舒媛。而在我看来，舒媛的生活充满了音乐的旋律，流畅细腻同时不乏跳动的音符。尽管舒媛对我的吸引力与日俱增，我还是习惯装出一副若无其事的样子，精心安排彼此相遇的偶然事件。我会这样对舒媛说："舒媛，你好，这么巧啊。"舒媛也会这样对我说："是呀，怎么又遇见了？"但是此后我们并肩走在街上，却时常陷入无语的窘境。面对舒媛，我绞尽脑汁，一筹莫展。这样的日子过得真是异常艰难和漫长。幸好在夜晚来临的时刻，我仍旧耽于幻想，可以构思出与舒媛之间从量变到质变的无数种爱情可能。

多日之后的一个傍晚，我和舒媛再次“偶然”相遇在一家超市，我们之间的关系终于第一次接近了我在某个夜晚的幻想。那天，舒媛一边浏览着货架上的水果，一边随口问我：“你知道我现在还很好奇的是什么吗？”

我问：“是什么？”

舒媛眨巴着明亮的双眸说：“那一天，你送给我勃拉姆斯的《山谷间的落日》，你是怎么想到又怎么找到的呢？”

刘军留下的那两行醒目的大字在我的脑海中再次浮现。但是此刻我突然发现，舒媛若有所思的表情里隐藏着一波涟漪似的温柔。这让我心花怒放。于是，我也故意随口说道：“这好像并不难。”

我紧张地望着舒媛，接着说：“只要有心，其实一点儿都不难。”

舒媛避开了我的目光，对着水果浅浅地笑着，像是等待着什么。这使我长期被压制的冲动瞬间膨胀。我几乎是强行从舒媛手中夺过推车。“我可以帮你选购很多东西——”我不顾心跳剧烈加速的事实，对舒媛诡秘地一笑，尽量放缓语速说，“舒媛，现在你什么都不要说，你看我选的，是不是你想买的。”

我从货架上取下一个柚子，说：“柚子，喜欢吧？”舒媛惊讶地点了点头。

我接着跨步走向另一个货架，举起一只苹果，说:“苹果！”舒媛呆呆地看着我,又点了点头。

我又拿起一根黄瓜,说:“黄瓜也必不可少,嚼着吃清凉解毒,敷在脸上还有美容的效果。”我紧接着做了一个敷脸的动作。舒媛看着我的样子,情不自禁“咯咯”笑了起来。

舒媛疑惑地问道:“你怎么会知道这么多？”

我认真地回答:“我知道的不止这么多！”

我们一起慢慢地走在超市里,又陷入长时间的无语。我反复推敲着和舒媛之间许多种交谈的可能。直到走出大门，我才意识到所有的可能都来不及得到验证了。紧绷的神经刺激了汗腺的分泌,我感到有许多颗汗珠不约而同地集合到我额前。舒媛继续向前走去。在即将走到公路上的时候,我不得不取消了所有美好的开场白，直截了当地向舒媛发出了约请:“要不,晚上我们一起出去走走吧？”

舒媛迟疑了片刻,说:“好啊。”

我说:“我一直想请你喝一杯玛格丽特。”

“你也喝鸡尾酒？”舒媛惊讶地说,“可是,我更习惯血腥玛丽的味道。”

我如愿以偿地等到了想象中的答案,于是又显得自信满满了起来:“我知道,我就想请你换换口味,可以吗？”

不久之后，我和舒媛就结婚了。我的兄弟刘军像被舒媛封存的碟片一样，在我们的生活里彻底消失了。我们有了一个女儿，她的形象在舒媛的努力下千变万化，几乎达到了连我也难以辨认的效果。我对此不置可否。我时常劝告舒媛也要注意装扮自己，还专门为她买了许多化妆品。但是舒媛并不在意，即使她渐渐臃肿起来的身子也没有瘦回去。提拉米苏和血腥玛丽不见了，不过音乐仍然填满了舒媛的生活，她很快购置了整整一架子的新碟。那些碟片充斥着陌生的声音，它们曾经令我寝食难安，但是一段时日后，它们终于和蚊子的嗡嗡声不再有太大的区别。

几年过去了，刘军一直没有回来。刘军唯一证明自己尚在人间的方式，就是让名字出现在某些不入流的影视剧屏幕上。我也许一直在盼望刘军回来，告诉他我已经如他所愿，和舒媛走到一起。直到刘军真的出现在我面前，我才发现自己并不情愿再见到他。

现在，刘军正朝我走来。在宽敞的院子里，春天清晨的阳光让刘军仿佛是从一块遥远的幕布里走出来。我默默地注视着刘军。他正用脚步一点点拉近与我的距离，但是记忆却像河流一样横亘在我们面前。我好像一直处在恍惚的记忆中，甚至忘记了我也需要移动步伐，迎上前去。刘军的脸庞渐渐清晰起来。我看到刘军一头蓬松的头发和一堆零乱的胡楂，这使他显得比以前更加消瘦。刘军走到我面前，一把抱住了我。他激动地摇晃着我的身子，可是我很难感觉到他手臂气力的存在。

“刘军，你终于回来了。”

刘军松开我，咧嘴大笑起来。起伏的皱纹让我感到他一脸陌生的沧桑。他拍了拍我的肩膀，说：“你现在走得开吗？”

我说：“我随时可以走开。”

刘军说：“那到你宿舍转转吧，我怀念那个地方。”

那间尘封已久的宿舍落满了尘垢。刘军从手提包里拿出一张报纸，放到一把椅子上，坐了下来。我也只好跟着他坐了下来。

我问刘军：“这几年，你过得怎么样？”

刘军摇了摇头，说：“这两天我一直在回答这个问题，看来你也没法免俗——那么，你先告诉我，这几年你又过得怎么样？”

“刘军，我一直想告诉你，几年前，我就和舒媛结婚了，我们还有了一个女儿。现在我又升职了……”我不知道还可以介绍什么，于是自己打断了自己，“你是说你回来好几天了？”

“是的，我回来已经有好几天了。”

“可是你今天才来找我？”

刘军故作不屑地说：“吴光，你不会觉得我在南方最重要的人是你吧？”

刘军的直截了当让我重新感受到和他当年的兄弟情义，我说:“你说,还有谁比我更重要？”

“即使是海边的一片沙滩还是山间的一段小路，都比你重要——当然,”刘军接着说,“还有舒媛。”

我警觉地问道:“你见过舒媛？”

刘军简单地回答:“是的。”

我急切地问道:“昨天晚上？”

刘军还是简单地回答:“是的。”

我气急败坏地问道:“你们整整过了一个晚上？”

刘军怔了一怔，漫不经心地说:“像你这样敏感的人,放弃写作实在是一种浪费。作为兄弟，你应该清楚我没有恶意——何况,昨天晚上,我只是在海滩边凑巧碰到舒媛,我们不过随意寒暄了几句,很早就分别了。”

我疑惑地问道:“就寒暄了几句？”

“是的,我还对她提到了音乐,”刘军苦笑着说,“我告诉她,自从我不得不开始写那些无聊的肥皂剧后,就不知不觉背叛了勃拉姆斯,现在已经彻底爱上流行歌曲了——这也差不多是我的现状吧。”

也许是为了安慰我,刘军补充说:“舒媛对我说,她现在过得很幸福——从她的身材判断,我想她大概是有些幸福过头了。”

我说:“是的,我一直对她很好,我想我没有辜负你的期望。”

刘军欲言又止。他站起身子,拉开窗帘。久违的光线从窗外折射进来, 房间里飞扬的灰尘异常明亮地弥漫在空气里。刘军黯然伫立在窗前,说:“那天,我就是沿着下面这条路离开的,到现在是过去几年了? ”

我仿佛没听到,喃喃自语地说:“是的。”

我没有告诉刘军,昨天晚上直到现在,舒媛都没有回到家里。整整一个下午,我呆呆地坐在沙发上,不停地拨打舒媛的手机号码,但是舒媛一直没有接听。过往的记忆如潮涌动,当它们在我的脑海中渐渐真切起来的时候,我反而感到自己和舒媛的距离正在慢慢变远。我从架子上取出了一张光碟。震撼的音乐响彻在房间里。我仔细分辨着那些跳动的旋律,我无法确定,它们究竟和感情存在什么贯穿始终的联系。

距离

一

一天晚上，我的兄弟葛良对我说：“丁克，如果你继续这种自闭的生活，你一定会阳痿的。”葛良这句话好像是对自己说的，而我不过是个靶子，因为无论如何，我也找不到自闭的理由。但是葛良不容分说地带我冲向了东方大厦的顶层阳台。葛良就像一匹脱缰的野马奔跑在盘旋的楼梯上，使我越发确信自己作为靶子的身份。在顶层阳台，葛良和我一起靠在栏杆上，目光投向城市下面的灯光。那些住宅小区的灯光，渐渐从密密麻麻变成了星星点点。葛良对我说道：“丁克，你看下面那些房间不断熄灭的灯光，有多少是为了做爱而熄灭的呢？”

我对葛良嘿嘿地笑了起来：“葛良，你带我上来不会就为告诉我这个吧？”

葛良拍了拍我的肩膀，对我展示了一个不无鄙夷的笑容。“丁克，你总是宣称是思想拉开了你和女人的距离，你到底明不明白，身体的距离才是男人和女人最现实的距离？”

葛良的话让我一怔。葛良接着语重心长地说：“丁克，你应该找个女人了。”

就在那个晚上，葛良向我介绍了一个名叫林非的女人。葛良言简意赅：“这是一个适合做老婆的女人。”但是这句话并无新意，因为在我频繁的相亲经历中，几乎每次都可以收获同样的一句话。与往常一样，两天之后的一个晚上，我和这个名叫林非的女人坐在一间咖啡屋里，怀着没有希望也谈不上失望的情绪，开始了一段平淡无奇的交谈，内容纯粹是对过往经验的复制。作为一个相亲常客，我脸上写满的热情和我内心的取舍并无关涉，而林非的表情要比我矜持许多，这份矜持恰恰是我所熟悉的。我们这次符号式的约会，原本可以彼此在记忆中一笔勾销。事情发生变化来自叶蓝的嘱托。

我的同学叶蓝是葛良的妻子。在成为葛良的妻子后，叶蓝突然对我和她小学同桌的经历记忆犹新，包括帮我抄作业、包书纸、擦鼻涕之类芝麻蒜皮的陈年旧账。一旦叶蓝搬出这些陈年旧账，我就知道，她又会要挟我同她一起印证葛良的诸多信息了，这让我时常陷入左右为难的处境。尽管如此，对于葛良一些无关痛痒的流言，叶蓝还是会得偿所愿。每当叶蓝得偿所愿的时候，我就会同时收获两份褒扬：

叶蓝对我说:“丁克,我一定会帮你好好留意女孩子的!”

葛良对我说:“丁克,你的付出会让你将来的婚姻很幸福!”

令人沮丧的是,他们的褒扬延续好几年了,我至今仍然孑然一身。在我和林非见面的第二天,叶蓝就煞有介事地找上门来。从叶蓝愁眉不展的表情判断,她心中的积郁也许不止一天两天了。

“丁克,你说实话,葛良是不是在外面有女人了?

“丁克,你不说实话,你老同桌我真是没法活下去啦。”

叶蓝常常用这种夸张的方式与我说话，我已经习惯了。叶蓝这么一说,她脸上的积郁也消散大半了。叶蓝随时变换的表情像是不同色彩的各种花的组合。因此在我看来,她对葛良的打探与其说是怀疑，倒不如说是一场猫捉老鼠的游戏。我告诉叶蓝,我可以保证葛良非但没有外遇,而且这段时间还过得比较压抑。“他居然闷声不响地一口气跑到东方大厦的顶层阳台,估计这可不是一般的压抑。”接着我强调,“叶蓝,这一点,你是有责任的。”

叶蓝抿嘴一笑,但是她立刻神经过敏地问:“丁克,你说葛良会不会是因为我碍着他才变得压抑啊?”

“你这样理解我就没办法了。”

“可是这段时间他真的和某个女人联系密切。”

这时,我发现叶蓝有些委屈了。叶蓝的委屈总是能轻易博取我的同情。或许在叶蓝的感觉中,葛良除了和她在一起外,其他的时间都会和我在一起。但是算起来,在最近一段时间里,我确实和葛良谈不上有很多联系。我不能确定葛良是否真的出了轨,不过还是立即以玩笑的方式告诉叶蓝,既然和葛良经常在一起的人是我,葛良要是在外面有女人,只有两种可能:一是我和葛良是“同志”关系;二是我和葛良在二拖一。“显然二者都不成立。”我总结说。

叶蓝咯咯地笑了起来:“不,丁克,你就别再充和事佬啦,这次我可是铁证如山!”叶蓝迟疑了一下,接着立即释怀地告诉我,她不在乎葛良是否背叛了她,她在乎的是那个和葛良经常联系的女人,是不是比她更富有魅力。

“丁克,我要你帮我查一下那个女人,这就是我来找你的目的。

“丁克,你很容易查到那个女人,因为她也在你们单位上班。

“丁克,我现在就告诉你她的名字,她叫——林——非。”

叶蓝一句一顿地说着。她也许并未察觉,林非的名字让我陡然一惊。

二

按照以往的习惯,我会很快告诉葛良叶蓝向我打探了什么。我不知道这次选择隐瞒,是因为叶蓝的嘱托颇为郑重,还是仅仅出于好奇。或许更重要的是,我需要以此确证葛良与我的情义——从叶蓝的铁证如山来看,我也没法排除葛良拿我当幌子的嫌疑。我就这样不动声色地和林非展开了接触。在接下来的几天里,我和林非相继出现在公园、广场、电影院等地点,我还陪她逛了一趟步行街,整个过程和林非的脸蛋一样没有多少令人值得期待的地方。而且令人遗憾的是,除了几条不能确定的短信外,林非居然没有收到一个电话。我倒是在此期间收到了葛良的电话,那时候,我正和林非从一个女衣店里出来。

葛良对我说:"丁克,你现在在自闭吗?"

我对葛良干咳了两声:"葛良,我和林非在一起。"

我听见葛良在电话的那端歇斯底里地笑了起来。葛良的笑声让我浑身不是滋味。

"丁克,看来你小子是真有觉悟啦。"

葛良这句话提醒了我。因此在挂断电话之后,我就强行抓住了林非的手。林非显然被我出其不意的动作吓了一跳,表情在瞬间僵滞。但是林非只是用手指微弱的颤抖表达了抗议,这反而激励我的五根手指迅速交叉进她的指隙。我们的两只手更加紧密地交缠在一起。林非温暖的小手让我为之一颤。我想起来,这种异性之间温度的传递,我已经有好几年没有感受到了。

我试探地对林非说："葛良刚才打电话给我了。"

林非不自然地张望着，轻轻地"嗯"了一声。

我又试探地问林非："你是怎么认识葛良的？"

林非似乎回想了片刻，她的语气也变得柔和起来："大概很久了吧，我也记不清了。"

林非语焉不详的回答无法令我满意。那时候，我和林非手牵手走在大街上，我们的交谈开始第一次停留在葛良和叶蓝身上。我告诉林非，作为叶蓝的小学同桌，我经常被迫接受间谍的身份，向她抖搂葛良的诸多动态。"他们之间就像进行着一场猫捉老鼠的游戏，而且，乐此不疲。"接着，我又无可奈何地补充，"当然，作为他们游戏不可或缺的道具，我对此早就厌烦啦。"

林非一直安静地听着，直到我说到最后，才略显俏皮地瞥了我一眼，对我报以一个流于形式的微笑。我一直在观察林非的表情，可是最终发现，除了刚才强行牵手使她稍起涟漪，林非脸上的表情就像她永远灰白色调的装扮一样缺少变化。林非节制的表情也许隐藏着什么。我又试探着问道：

"你说他们再这么闹下去，是不是迟早有一天会出问题啊？"

林非看了看我，她的脸上仍然是节制的笑容："我觉得他们俩倒也挺有意思的。"

连续几天以来，我的调查毫无进展，叶蓝却迫不及待地找上门来了。她直接冲入我的房间,“唰”的一下坐到椅子上。我感到叶蓝清新明亮的装扮仿佛带入几缕阳光,可是她一脸紧绷的表情,又使房间的气氛一下子紧张起来。我连忙给她倒了一杯白开水,恭恭敬敬地端到她的面前。

叶蓝气嘟嘟地说道:“丁克，我托付你的事情到底怎么样啦？”

我无法揣测一旦我的调查得出肯定的答案叶蓝会做出怎样的反应。或许女人总是喜欢无端地渲染某件事态的严重性。而叶蓝所谓的铁证如山也不过是几条短信、几个通话记录,否则她也不会只是缠着我去调查,何况她的表情还是一如既往的丰富多彩。我轻描淡写地对叶蓝说,根据我的了解,林非确实谈不上有魅力,她就像我办公桌上的某个文件一样中规中矩,让人过眼就忘。

我颇为自信地说:“叶蓝,你就不用怀疑葛良了。”

但是叶蓝看我的眼神不乏失望。“我就知道,你看谁都像看办公桌上的文件,因为你自己就是一个文件。”

叶蓝失望的眼神又变为失神,她自言自语似的说:“我就知道,找你肯定是找错啦,你和葛良是一伙的。”

叶蓝噘着嘴的絮叨使她显得更加楚楚动人。叶蓝总是那么惹人怜爱,这让我徒增对葛良的厌恶,好像他真的犯下了不可宽恕的错误一样。于是我接着问道:“叶蓝,葛良这几天都在干吗？”

叶蓝的回答出乎我的意料。“他现在每天都跑得气喘吁吁的，我想他肯定是哪根神经出毛病啦。”她接着说，“他一回到家里，拖着臭烘烘的身子倒头就睡，摆明了想逼我自杀呢。”

“叶蓝，你都和葛良冷战了？”

“丁克，不是我和他冷战，是他非要和我冷战啊！”

叶蓝急躁地辩解着。叶蓝可怜巴巴地看着我，好像在期待我为她找到出路。我想，如果叶蓝现在靠着我的肩膀，也许会舒坦一些。

我斩钉截铁地对叶蓝说：“叶蓝，葛良要是哪天晚上没回家，你就跟我吱一声，我有办法让他回去。”

三

叶蓝说得没错，葛良确实是犯毛病了，不然他不会在我找他的时候，再次拉我冲上东方大厦的顶层阳台。但是这次，我只是貌合神离地和葛良一起靠在栏杆上。我摘下眼镜，拭了拭额角渗出的汗水。四周的田野和山丘把城市的灯光团团围住，看起来，好像我们正处在火坑上。我一边戴回眼镜，一边淡淡地问葛良：“你是不是和叶蓝闹矛盾了？”

葛良厌倦地看了看我：“叶蓝找你打听什么了吧？”

我又摘下眼镜，用嘴巴哈了一口镜片，随口说道：“你这副样子，还用得着叶蓝找我打听什么吗？”

“其实什么事也没有，就是叶蓝非要和我冷战，我也没有办法！”葛良解嘲地笑了起来，拍了拍我的肩膀说，“丁克，你就别卖关子啦，叶蓝到底找你打听什么了？”

葛良也许凭经验就可以知道叶蓝找过我了。我告诉葛良，叶蓝的确找过我，可是她没有找我打听什么，只是向我倾诉了一个困惑。我故意抬高嗓门问道：“葛良，你运动归运动，你老不洗澡就爬上床干什么？”

葛良不自觉地抓了抓后脑勺。他自知理亏的样子倒有几分可爱，但是他随即又不依不饶起来：“她有什么可困惑的，不都是她逼出来的？成天一副神经兮兮的样子，是你早就去自杀啦。”

葛良和叶蓝的反应总是惊人的一致，这也是我乐于夹在中间充当和事佬的原因。我看见葛良耷拉着脑袋靠在栏杆上，目光投向楼下密密麻麻的灯光。葛良接着说道：

“丁克，我累了。叶蓝越来越不相信我了。”

我原本打算以兄弟的名义，帮助葛良分析一下叶蓝不再相信他的原因。不过葛良忽然岔开话题，对我提及了林非。“你和林非怎么样了？”葛良的问题正中我的下怀，我不失时机地告诉葛良，林非和我先前许多个相亲对象并无多大区别，我和她的关系就像这座城市的工程一样总是停滞不前。“何况林非似乎对我隐瞒着什么，”我遗憾地说，“葛良，也许这次又要流产了。”

葛良既没有感到惊讶，也没有表现出失望。葛良没精打采地看着我，又把目光投向楼下密密麻麻的灯光。这几年来，葛良也许已经习惯我相亲的失败，他不需要为此再浪费表情了。但也有可能，葛良事实上很受用于我和林非尚未流产又无前途的关系，只是对此他不宜表现出来。如果我猜测的第二种可能成立，那么葛良和林非的关系就更加扑朔迷离了。我又像试探林非一样试探葛良：“你是怎么认识林非的？”

葛良似乎懒得回答我的问题。葛良凑近我，揪着我的衣领，以一个人过来人的身份对我说道：“你到现在还不知道怎样去了解一个女人，林非是个不错的女人，我都后悔太迟认识她了。”

葛良不知道，以正在接受调查的身份，他对女人的自信多少显得有些无厘头，何况就在刚才，他自己都承认叶蓝越来越不相信他的事实。不管如何，在接下去的几天里，我既没有联系葛良，也没有和林非约会，我一味地等待叶蓝的电话，等待叶蓝告诉我某个葛良没有回家的晚上。我的等待在快感和焦灼中穿行，直到叶蓝的来电如期而至。不过，后来发生的情况却与我的预料恰好相反。直到现在，在我面对林非的时候，也不确定自己到底是兴奋多一点，还是沮丧多一点。

在接到叶蓝的电话后，我迅速按照计划，来到林非居住的小区。我站在一个阴冷的角落里，小区的居民来来往往，只

有几缕凉飕飕的风注意到我的存在。几分钟后,我拨通了林非的手机:

“林非,你在家吗?我在你家楼下等你。”

林非的声音因为激动而微微颤动,这让我感到她一直是在等待我的电话来临。我很快在那个阴冷的角落看到了林非。林非起初是急匆匆小跑着,接着她又放慢了脚步。我看着林非慢慢地朝我走来,一股失落的情绪不禁涌上心头,直到我确定林非已经看到我,才在脸上划出一道刻意的笑容。

“怎么不先来个电话呢?”

我用微笑回答了林非的问题。林非又对我嘟囔了一声:

“要是我不在家怎么办?”

我想,要是林非不在家,问题就严重了。

林非小声地问道:“你这几天都在干吗呢?”

我在继续的微笑中搜索恰当的回答。我告诉林非,几天以来,一个领导来检查工作,我们在准备档案和材料中度过了好几个不眠之夜。我发现林非对我的回答没有丝毫怀疑之处,相反还时时报以理解和关切的态度。于是我意犹未尽地补充道:

“林非,这几天可累垮我了。”

林非与我并肩走出小区,一起走向了夜色。那个凉风徐徐的夜晚,我和林非走在沿河公园里,交谈时断时续。我揣测叶蓝肯定正在一味等待我的回复,这让我多少有几分焦虑。

但是林非始终沉浸在聊天的愉悦中。林非柔和的声音和街灯模糊的白晕一样使夜色显得十分朦胧。不知道什么时候开始，林非已经挽住我的胳膊。我抽出被林非挽住的胳膊，顺势搂住了她的腰。林非低头笑了起来。她的微笑充满了召唤。我随即侧过身子，张开双臂，让整个身体都朝林非的身体贴上去。

不知是因为紧张还是不适应，我感到我贴着林非的身子一下子变得硬邦邦的，硬邦邦的。

四

第二天早上，我才知道叶蓝一共给我拨了五个电话。我仿佛看得到叶蓝在打最后一个电话时绝望的表情，这让我对回电踌躇再三。我应该对叶蓝说什么呢？一想到我和林非的关系迟早要向叶蓝坦白，我就会变得烦躁不安。叶蓝没有再联系我。叶蓝肯定是赌气了。可是在没有理出头绪之前，我想我还是专心和林非约会比较好。我和林非的关系一步步深入，我们的交谈却始终保持着时断时续的风格。当我和林非一起陷入沉默的时候，叶蓝叽叽歪歪的声音就会在我的神经上跳跃不止。几天之后，我终于决定告诉叶蓝事情的进展。我担心叶蓝和葛良爆发战争的时候，会抖搂出我曾经调查过葛良的事实。我也满怀疑问，在那个晚上之后，叶蓝和葛良之间究竟会发生什么。

我拨通叶蓝的手机,我对自己精心准备的第一句话相当满意:

“叶蓝,为了证明葛良的清白,我已经以身试法啦。”

可是叶蓝居然对我的后文没有多大兴趣。叶蓝支支吾吾地告诉我正忙着,便挂断了电话。我揣测叶蓝对我的怨气并未消止。我错误地决定硬着头皮来到叶蓝和葛良的家里。在我按下门铃的时候,我看见葛良笑盈盈地拉开门。葛良的出现使我愣了一下。我愣怔的表情迅速传染给葛良,于是有那么一瞬间,葛良也是一愣一愣地站在门口,陌生地打量我。

“你他妈的过来怎么也不先通知一声?”

“葛良,我过来还要先通知你吗?”

我看见叶蓝正朝我和葛良尴尬地笑着。在看到叶蓝的笑容之后,我和葛良也笑了起来。

我问:“葛良,你们和好了?”

葛良反问:“丁克,我们两口子的什么事不会都得通知你一下吧?”

叶蓝紧跟着装蒜似的说道:“什么?丁克,谁说我和葛良闹矛盾啦?”

那个晚上,我、葛良、叶蓝三个人像往常一样一起靠在沙发上。我感到葛良的目光时常游移在我和叶蓝之间。叶蓝瞥了瞥葛良,对我说:“丁克,你知道这次他是怎么求我和他和好的吗？”

葛良愠怒地瞥了一眼叶蓝。但是叶蓝没有理会葛良，她咬牙切齿地在葛良的臂膀上揪了一把，接着又朝他扮了一个鬼脸。

叶蓝笑嘻嘻地对我说：“怎么办？你看他现在都不好意思啦。”

葛良不耐烦地朝叶蓝摆了摆手。葛良按着手中的遥控，迅速转换着电视频道。电视屏幕上跳跃着不同的色彩。叶蓝嘟了嘟嘴，无可奈何地朝我偷笑起来。

葛良摇了摇头，对我们表明对任何频道都不感兴趣。他把遥控递到我手中，岔开话题说：“丁克，你和林非到底有没有戏？”

我没有回答葛良的问题，而是用余光观察了一下叶蓝的反应。我看见叶蓝听到林非的名字后，脸上的表情出现了短暂的僵滞。叶蓝一本正经地看着我。我的余光和叶蓝的目光就这样碰触到一起。使我疑惑的是，我没有在叶蓝的眼睛里找到惊讶。

我故作轻松地说：“经过一段时间的了解，看来我和林非是要步入正轨了——如果不出意外，我想在不久的将来，我就会和‘剩男’说再见了。”

葛良心满意足地说：“叶蓝，现在你总该相信，我和林非是清白的吧？”

叶蓝瞪了葛良一眼，随后她的目光又回到我身上。当我和叶蓝的目光再次碰触到一起的时候，我明显感觉到叶蓝眼神中的失望。叶蓝的失望意味着什么？我摆弄着手中的遥控，像葛良一样漫无目的地转换起电视频道。

接着我对叶蓝说："我说得没错吧？你是不应该怀疑葛良的。你看，我现在都以身试法啦！"

我、葛良、叶蓝三个人一起笑起来。我们都把目光集聚到电视屏幕上。经过很长一段时间的沉默，我终于看见叶蓝眯缝着眼睛蜷缩到葛良的怀里。我站了起来，在他们面前打了个哈欠，又使劲地伸了伸懒腰。我想，我总算可以离开了。

我独自走在回家的路上。路边小区的楼房里透出稀稀拉拉的灯光。树叶与河水在晚风中一起发出唰唰的声响。我强烈地意识到，叶蓝和葛良的身体正在熄灭的灯光中交缠在一起。我甚至可以感觉得到他们喘息的声音。他们喘息的声音一直在幽暗的道路上延伸。我走得越快，他们的声音就越局促。于是我在一盏泛着白晕的街灯旁停了下来，眼前突然闪过林非的影子。仿佛只是一刹那的冲动，我拨通了林非的手机。

"林非，你在家吗？"

林非对我"嗯"了一声。

"林非，我现在去你那里。"

燃烧

在去参加吴家祥的婚礼之前，我和阮小玲闹了点别扭。我们在新房装修上产生了分歧。我想省下一笔设计费，亲自担任设计师，阮小玲无法认同。我想取消客厅，把厨房搬到客厅的位置，阮小玲认为荒谬至极。我想保留一间小孩房，以备不时之需，对此阮小玲尤为光火。阮小玲不想要孩子，这是在和她谈恋爱之前我就知道的。早在小学六年级，阮小玲就下定决心不生孩子（当时是怕痛）。我和阮小玲曾经探讨过这一问题，鉴于当时二人尚未建立情侣关系，我表现出极大的理解和认同。有一阵子，一想到我们同床共枕完全是出于兴趣爱好而不是为了人类的繁衍生息，我还莫名有些激动。吴家祥是我的大学同学，夫妻二人均住在城里，婚礼却设在老家，一个偏远小县城的小山村，离我住处一百五十多公里，没有动车高铁，不能高速直达，独自开车前往极有可能迷路。临近中午，二人吵得饥肠辘辘，我趁机撇下阮小玲，坐公交车去车站。公交车上十分拥挤，开了好几站才占到座位，此时我发现一个老人双手抓着扶手，站在我前方（我的座位在轮胎上，偏高）。是否让座让我犹豫良久。老人与我母亲年纪相仿，六十岁上下，虽通常被公序良俗视为老人，但其本人未必认同。另外，在我前排就坐的两个小青年离老人更近，是否需将尊老的美德让给二位发扬？再者，离我更近的中年男子似乎已对我的座位虎视眈眈，在我起身之后，他是否会抢先一步入座？种种犹豫，终被坐在我里侧的中年女子化解。她说：

阿姨，你坐我这里吧。

说真的，当时我有些羞愧。我把头埋向手机，生怕遇到鄙夷的目光，之后打开外卖软件，点了份阮小玲爱吃的羊排细粉干。我发消息对阮小玲说：

给你点了份羊排细粉干。别生气了，毕竟我们都还没买房子呢。

阮小玲回了个奸笑的表情，此事大致就这么了了。我从公交车下来，揣测自己是否真的可以承受没有孩子的未来。仅就爸爸的角度而言，生，我帮不上忙；养，我不胜其烦，在此方面我最大的兴趣，莫过于在孩子长大成人之后，像一个得道高僧一样为他指点迷津。比如，有朝一日，我的孩子问我，爸爸，我能西行吗？我说，不，你该往东方去。这一场景如此真切，使我不得不对自己动了恻隐之心。离发车还有不到半个小时，足够在吸烟室里抽几根烟。在我点上第一根后，发现斜对面坐着一个女人。她半挨着墙坐着,穿一件宽松的米白色毛线衫,短发半扎马尾,嘴里衔着一根红双喜烟。不知出于何种原因,我感到她瞥向我时流露出一丝难以觉察的欣喜。这丝欣喜很快被忧伤取代。观察她吸烟的姿势,过滤嘴夹在食指和中指指尖,由此可判定为一个老手。但从吞吐烟雾的方式来看,直接从嘴巴喷出,极少从鼻孔渗出,始终缺乏从嘴巴吐出再卷入鼻孔这一关键环节,又足可见是新人。有两个建筑工人模样的男人坐在我正对面。他们也抽红双喜。由此我判定,她是向建筑工人要的烟,平时不抽(显然我更希望如此)。在我把目光投向建筑工人时,后者也正把目光投向我,而后双方都将目光投向女人,如此往复多次,眼神之间构成一次次无声的交流。如果转化为语言,大致如下:

建筑工人:朋友,这女人怎么啦?

我:恐怕是失恋了。

建筑工人:看她多伤心。

我:是啊,不过,依然很美。

建筑工人:要不再递根烟给她?

我:这主意不错。

事实是之后我向每个人都递了根利群烟。她接过烟,示意没有打火机,我又为她点上。她把手机给我,问我能否帮她拍张照片,不是个人写真,而是包含整个吸烟室的场景。我说可以。她嘱咐道,手机长边务必与地面平行,短边则需与地面垂直。接着，她摆好吸烟的架势，很快又陷入忧伤之中。拍完照片，我把手机还她。她对我颔首致谢，起身离去。在走出吸烟室时，她侧了侧脸。我感到她在用余光召唤我，于是立刻掐灭手中的烟，跟了出去。在即将跟上时，我发现前方是一间厕所。我们都走了进去，只是她走进了女厕所，而我走进了男厕所。

这就是我和朱金娜初遇的情形。我们同坐一辆大巴车前往那座小县城（我早了三分钟上车）。朱金娜坐在我前面，与我相隔六七排，除了露在座位外的一小块手肘，我什么也看不到。我瞥向窗外，看倒映青山的水田、水田间的白鹭和耕牛、漫步的老者、蹦蹦跳跳的小孩以及更多无迹可寻的景象。它们在快速的倒退中变得渺小，遥远，乃至消失，仿佛与世界失去关联。到站后，我急着挤到前面去，但还是快不过朱金娜。她在下车前看了我一眼。当时我以为这是天各一方的一眼。让人意外的是，我们又见面了，而且都坐进了吴家祥弟弟吴自祥的小车。我问吴自祥是不是还有个哥哥叫吴国祥，他说是的。我说，那你爸对你们的要求是越来越低了。这时坐在一旁的朱金娜就笑了。我们寒暄了几句。我得知她是吴家祥妻子的大学同学，我们同处一座城市多年，日常相隔约二十公里，此时不足三十厘米。我坐大巴是担心迷路，而朱金娜是不会开车。我问朱金娜为什么不去学车。朱金娜说没有时间。

我问有这么忙吗,都快忙成残疾人了。朱金娜说她真算是残疾人。我不太明白她的意思。车子很快上坡,路也变窄,山间绿色怡人。出于礼貌,我又和吴自祥聊了几句,朱金娜没有插话。这样我就不知道该怎么和她聊下去了。

吴家祥的老家很大,六层楼,一楼未做隔断,连上屋檐和院子,婚礼场面堪比酒店宴会厅。朱金娜很快和同学们聚在一起。起初我离她不远,我听到一个披头散发的男同学质问她为什么不搭他的车,有此心意的男同学不止一人。我和吴家祥只是校友,专业不同,我学的是法律,他学的是应用化学,我们是志同道合才走到一起的。吴家祥曾在一次文学社聚会上提到王小波,我立刻引为知己,当晚就端了一箱啤酒找到他的宿舍,未料他没喝完一瓶就吐了一地。毕业后,我没当律师,吴家祥却成了律师,只是文学才华都埋没在法律文书里了。也就是说,除了吴家祥夫妻,我不认识全场所有的人。我坐在一个角落里等待开宴,时不时搜寻朱金娜的身影。看得出来,朱金娜寡言,常常带笑,但笑得淡然,她仅仅是以旁观者的姿态参与了聊天。有好几次她的脸朝向我所在的角落。我向她点头致意,她没有回馈。

婚礼开始时,吴家祥交给我一个任务,让我坐到媒人的位置(和新娘同桌),并以媒人身份讲几句话。他满头大汗地说,实在拗不过我妈,她觉得没有媒人的婚礼不成体统。我没有推辞，其中一个原因是上台之后可以清晰地看到朱金娜,朱金娜也可以清晰地看到我。后来的情况正是如此,我和朱金娜始终彼此注目而不必躲躲闪闪。在台上,我告诉大家(或朱金娜)一个秘密,毕业之初,我去吴家祥的宿舍里玩,见到这样一个场景,房间里摆着一张床,地上铺着一张席子。到了晚上,一个人睡床,一个人睡席子。我说我见证了一段非常单纯的爱情,至于二人之后怎么样,需要吴小祥见证。我把四岁的吴小祥请到台上,问现在他爸妈是怎么睡的。台下大笑。朱金娜也笑了。下台时我径直朝她走去,走到一半又踅了回来。后来吴家祥在我耳边说,刚才在台上想抱我,我没理他。我反问他是不是双手张开的幅度太小,如果是这样,可见没有诚意。吴家祥喝多了,至少吐了五次,整个人摇摇晃晃,硬是把一盒面膜塞给我,祝我早日结婚,真诚到可笑的地步。一盘黄鱼端上来,鞭炮声骤然响起,接着又放了很长时间的烟花,夜幕时而被撕出数个彩色的洞,时而愈合。待到烟花燃尽,高潮也过去了,亲友们渐渐离席。我独自走出院子。院子外有一个湖,湖前有一座山。夜晚凉风习习。我点上一根烟,正抽着,背上被人拍了一掌。

晚上回去吗?我现在搭同学的车回去。

我喝多了,回不了了。

我回过头,朱金娜把一张纸条塞给我。有空联系。她说。

那是一张巴掌大小的速写纸,寥寥几笔,画着一个短发女子懒坐像(没画椅子),大概是她自己。脚边有一行铅笔写的数字和朱金娜的名字，字迹潦草，男女无别。

从吴家祥老家回来后，我都在和阮小玲找房子，差点忘了把吴家祥的面膜送给她。当时我们正要出门，阮小玲瞅了一眼，一脸不屑地问吴家祥的老婆是不是微商，一看就是微信杂牌。我只好把面膜放回背包。阮小玲在一家外贸公司上班，全身都是进口包装的，当然皮肉是国产，而这一点也不是不可更改（比如去趟韩国）。据我所知，她每周都会敷两三次面膜，有时敷着面膜做瑜伽，跟个机器人似的。我问阮小玲国外是否有可供全身使用的体膜，除脂去汗一应俱全。阮小玲气嘟嘟的，没吭声。我们出门后去了清湖公园，看环湖而建的一排排新楼。这是目下最中意的，就是缺钱。买得起的，地段、户型、楼层三者必缺其一。

算了，不看啦。还是去看电影吧。阮小玲挽起我的胳膊说。

我们接连看了几天电影。其间二人达成共识，阮小玲同意把厨房搬到客厅，我会有一间独立的书房，她则会有一间更衣室兼瑜伽房（面积不小于书房）。阮小玲心满意足地出差去了，留下我一人守在出租房。没有阮小玲的约束我通常码字到深夜。一天晚上，正当码字时，我很自然地想起朱金娜。十点没到。我从背包里取出速写纸，试着用那一行数字添加微信，附言是在吸烟室给你拍照的人。朱金娜很快通过验证。

我有些激动。

我:在干吗?

朱金娜:画室。

我:你是画家?

朱金娜:算是吧。

我:还在画画?

朱金娜:想看吗?吸烟室里抽烟的女人。

我:一定要看。现在方便吗?

朱金娜:方便。

朱金娜发了个定位给我。那是城郊一个废弃化工厂改造的文创园。我知道那个地方。我曾在那里参加过一场诗会。约莫半小时,我驱车来到文创园。园内很清冷。唯有门口一盏昏黄的路灯迎接我。入门草坪上堆积着许多建筑垃圾,前方有一幢水泥外墙的旧办公楼,最左边的房间还亮着灯。我想这就是朱金娜的画室。我踏上草坪,踅到窗台前,果然看见了朱金娜。朱金娜正背对着我,半扎马尾高高翘起,身上系一条黑色围裙,绑带沾着各色颜料。她的画室很乱,挤满大大小小的画框,窗下一张木桌被涂得赤橙黄绿,干瘪的画笔和颜料盒堆积其上。稍远的区域被书柜和屏风隔断,露出的部分有一高一低两个水盆。我就这么安静地看着朱金娜,看着她拿画笔的右手、拖颜料盆的左手、裸露的纤细脖子以及被宽松的卡其色工装裤裹着的屁股。我看了好一会儿,也许超过五分钟，朱金娜始终没有发现我。有那么一瞬间，我有一种兴尽而返何必见戴的冲动。我从窗外叫了一声，朱金娜。这一叫声是荷尔蒙分泌的，把夜晚短暂的诗意消解殆尽。

朱金娜回过头，对我莞尔一笑。

我按照她的指示往右走，走进一楼门厅，穿入漆黑的走廊，听着皮鞋跟发出的清脆回响（这让我有点心慌），终于推开走廊尽头的一扇门。朱金娜的画室由两个房间合并而成。左边是油画区，右边隔着屏风，是起居区。在我进门之后，她不再动笔，身子微微后倾，单手托着下巴，眼睛瞄着画板，没有一点招待的意思，好像我纯粹是来看画的。那幅画与我拍的照片已经大相径庭，人物被装在一扇透明的玻璃门内。一束光斜照在玻璃门上，一个耷拉着脑袋的女人在里边抽烟，面孔模糊晦暗。两个男人坐在她身后，面孔同样被损毁。但是色彩柔软干净，使整个画面显得空旷，或者虚无。

我找了一把折叠椅坐下来，边上是一张宽大的单人布艺沙发。

你通常什么时候睡觉？

不一定。无所谓吧。

就睡这儿？不怕？

有什么好怕的？

朱金娜又呆立了一会儿，才像团棉花一样瘫到沙发上。沙发边立着一面镜子。朱金娜会不会拿自己当模特呢？我扫视一圈地上的油画，未见一张裸体。一旦过了睡眠时间我特别容易兴奋，主要表现为滔滔不绝。朱金娜慵懒地斜躺着。她听得很认真，尽管没主动拉话，不怎么插话，也极少回话，常常以点头替代回话，或两颊一鼓式的微笑。我们也有眼神的直接交流，只是不太长久。多数时候，眼神转换如下：在她的目光触到我时，我的目光会转向单人沙发，或沙发边的镜子，从镜中观看朱金娜的侧影；在我的目光触到她时，她的目光则转向我椅子的周围。二人似乎有一种不动声色的默契。其间我对她谈起这几天正在看房子（轻巧地避开提到阮小玲）、曾经参加过这里的一场诗会（她居然不知道）、几个人尽皆知的西方印象派画家，其中提起爱德华·霍珀让她眼睛一亮（后来我得知此君不是印象派），这让我越发不能自控。我谈到了文学与美术的关联，几位隐藏在作家队伍里的画家，当代画家文学素养的缺失等。在她目光黯淡之际我把话题转到吴家祥的婚礼、我曾经的大学以及和吴家祥的友情。那时已是凌晨，我突然有了讲小段子的冲动。我谈起和吴家祥干过的一出闹剧。有一回我对吴家祥说，女生宿舍男生不得入内的牌子用词失当，显而易见，不仅男生，男流氓也不得入内，男老师也不得入内，例外的只有男孩子。由此可知，所谓男生，并不特指男生，而是年满十四周岁、对重大刑事犯罪独立承担法律责任的男性。吴家祥茅塞顿开。于是在某个月黑风高的晚上，我们擅自更改了牌子：携带男性成熟生殖器者不得入内。说完,我径自大笑,接着话锋一转,阐发观点:你看那些正襟危坐的规定,骨子里都是流氓逻辑。朱金娜瞪大眼睛。随即我又谈及对当前教育的看法。正说到兴头上,朱金娜突然脖子一歪,睡着了。我有些失落,不仅是为自己,也是为她,毕竟我还没来得及谈谈那几篇自以为是的小说呢。

我凑过去,轻唤她的名字。

朱金娜,朱金娜,朱金娜。

朱金娜没有醒来。我拿了条被子给她盖上,然后怀着懊悔的心情(为什么不把她抱到床上?)离开了画室。

几天后,我接到朱金娜的电话。

面膜是你留下的?

是啊,权当是见面礼。

可我不用面膜。

油画颜料有毒,贴着防毒。

朱金娜扑哧一笑。我不确定她是不是才发现面膜。她对我谈起有人在给她策划一个画展。我问她时间地点,她一概不知。我得知详情还有赖于一篇公众号文章,是在一个我从未发过言的微信群里看到的。画展在一家画廊。我知道那家画廊,我曾和老板喝过一次酒。我没打算去。阮小玲回来了,和她一起回来的还有一大箱进口零食。有几个晚上我们一边吃零食,一边讨论未来的房子,还就如何装修写成一份备忘录，好像单凭想象力就拥有了一座房子。阮小玲醒悟时愤愤不平，我们又开始四下找房子，这几乎成了死局。离朱金娜的画展越来越近，我觉得自己没理由不到场。我是掐着时间去的。开幕式在画廊的后院举行，地方不大，来的人也不多，四五十人，大多是男性，有几个我在吴家祥的婚礼上见过。当时策展人正在台上讲话。那是一个与我年纪相仿的男人，面容白净，眼睛从不离开朱金娜。他在台上讲了很久，毫不避讳对朱金娜的爱慕。我站在最后一排的边角，只能看到朱金娜三分之一侧脸，仅凭所见的一小片嘴唇和一小只眼睛，难以判断她的心情。台下一直在交头接耳，很快响声盖过台上，直到朱金娜上台才静下来。朱金娜挠着头站着，透出一股傻傻的味道。我往前挪了几步，她终于看到我，那份惊喜让我觉得她一直在等我。

朱金娜说，我也不知道讲什么，大家就看画呗。

她是面朝我说的，下台后也是面朝我走来。有几个男人迅速围上去，阻断了通向我的曲折人缝。开幕式就这样草草了了。很多人进去看展。朱金娜还是被几个男人围着，随后策展人也加了进去（此前他单独完成了最后的仪式：下面我宣布，画展开幕！）。我拿了一杯饮料喝着，等着朱金娜突围，但她好像已经忘了我。她和那几个男人聊得不错，不时发笑。我踱到画廊，在每幅画前驻足良久，把画中的女人都想象成朱金娜，尽管她们全都面目模糊。其间画廊老板认出了我，但我漠然地移开了视线。观展的人陆续增多,一个鹤发童颜的老者进来时引起一阵骚动,观展者争相与之合影。对这位老者我略有所闻。他早年在京城跟随白石老人习画,几年前市里修缮了他的祖宅,他也就还乡了。待骚动平息,又进来一群人,这回秩序井然,其中有几个穿深色夹克衫的胖子,大概是领导。我朝朱金娜瞥了一眼。策展人正把她引荐给胖子们。我想我等不了她了。我伫立在最后一幅画前,打算停留一两分钟就走。

就在我即将离开的一刹那,朱金娜走到我身后,压低声音说,快走。我没反应过来。她又揪了揪我的衣角说,你先走。我回头看到她神色仓皇,策展人从她身后大步跟进,心下一惊,夺门而出,那场景就跟拍谍战片似的。

我在出门不远的路口收到了朱金娜的微信。我在洗手间,等一下。过了一会儿,她一路小跑出来,直到拐弯才停下脚步。她气喘吁吁地说,好尴尬。确实,我也好尴尬。我们相视而笑。

一起走吧。

你也走?

不想待了,无聊。

朱金娜从自己的画展上逃了出来,此后没再回去过。那天我们去爬山了,爬到一个山尖遥望大海,采摘了很多野花,最多的是杜鹃,午后在一个山腰的花房吃野味喝咖啡,躺在草丛上看蓝天白云,其间我终于得偿所愿,谈起我的小说、那些绞尽脑汁想出来的有趣细节以及隐藏其中的惆怅气息。朱金娜是一个忠实的听众,从不打断我,这一点让我感动。我口干舌燥之际消停了一会儿,一只手撑着头,不时看着她或她周围的草丛,及至看到一只黑蚂蚁从她的指尖爬上衣袖。朱金娜搓了搓指尖,举起手臂。她端详着在颠簸的毛线中穿行的黑蚂蚁,在目睹它爬到肩膀时突然不知所措,鼓着嘴对它吹气,但没有成功。我摆开架势扑到她身边,捏住黑蚂蚁,在指尖上把玩了一下,甩手扔出去。它是如此弱小,几乎感觉不到挣扎,就湮没在草丛中。朱金娜坐起来,翻个身,双手趴在草丛上找什么。显然那只黑蚂蚁已与我们诀别(即使同处不足两平方米内),但她很快又找着一只,眼睛直勾勾地盯着,像在放光。我凑上去,不是出于对黑蚂蚁的兴趣,而是为了更靠近朱金娜的身体。鉴于朱金娜对黑蚂蚁耗费太长时间,我也不得不把目光移向它。在漫长的凝视中,黑蚂蚁慢慢变大,纤细的身躯不再混沌,全身像包裹着坚硬的铠甲,口器尖利,触角和小腿结实,连圆鼓鼓的屁股(是否可称之为屁股?)上的几撮短毛也干脆利落,不失几分威风。我想起一部日本电影,讲的是一个几十年不出门的老画家,天天在自家的小花园里观察一草一木、花鸟蝼蚁。我忘了画家的名字,好像片名里就有。我琢磨着什么时候和朱金娜一起看那部电影,转念一想，假如年轻的朱金娜真的去效仿一个糟老头子的生活，实在是一件可怕的事情。

之后几天我和阮小玲又去找房子。我们又闹了别扭，阮小玲埋汰我优柔寡断，我则以吹毛求疵相讥。这次别扭历时很短。我们都累了。洗漱之后我靠在床上看手机，很快找到那部日本电影，戴上耳机看着。阮小玲从卫生间出来便背对着我躺下，一声不吭，一动不动。电影节奏很慢，加上又是二刷（之后还需三刷），难免分心。我瞅了一眼阮小玲。从蜷曲的姿势和双手的位置判断，她正在啜泣，而且很可能，已经无声地啜泣了好一会儿，见我没反应才转为细碎的抽搭声。我摘下耳机，从背后抱住阮小玲。阮小玲忸怩了一下。接着，我试着去擦她眼角的泪水，她却把我的手挡开。按照以往的经验，此时阮小玲放声大哭反倒好办（可见她需要安抚），可她偏偏止住啜泣，表明依然要与我赌气到底。我被挡开的右手在她的上臂搁了一下，暗暗加了力道，探向她的腰腹。阮小玲像从床上摔下一样躲开我，坐到一把椅子上。她只穿着一件稀薄的蕾丝睡衣。我想给她递件衣服，可衣服都在她的屁股底下。在黑夜里，阮小玲成了一道更黑的黑影，脸色却一片煞白。

我：你这是怎么了？

阮小玲：我还想问你怎么了。

我：我怎么了？

阮小玲:你自己心里明白。

我:我不明白。

阮小玲:你最近对什么都心不在焉。

我:你说我心不在焉?

我打开灯,发现阮小玲脸上还敷着面膜,看起来像一个流泪的机械姬,这多少有点喜剧色彩。她大概是忘了撕了。我扯了扯脸皮提示, 她依然没有察觉。待察觉时我补了一刀,说,看,是你心不在焉。阮小玲没好气地走进卫生间。我重新打开那部日本电影,一边充满着对至简生活的向往,一边抬高嗓门说,我去找吴家祥借点钱吧。

卫生间里传来冲水的哗哗声。我以为阮小玲没听见,就当自己没说,而她从卫生间出来时已经泪眼婆娑。她钻进被窝说,我和你一起去。我不太明白阮小玲那么激动的缘由。我说了声好,继续看电影,也谈不上是看,只是把目光落在手机屏幕上。阮小玲问我在看什么,我说没什么,便关上手机屏幕。我们都没再说什么。夜里,我听到微信嘀嗒了两声,眼前忽然闪现朱金娜的模样,立即清醒过来,手忙脚乱抓起手机。居然是阮小玲的。她佯睡在我身边,嘴角露出一丝不易觉察的微笑。

我们结婚吧。我公积金里有一笔钱。我想把它取出来。房贷也好一起承担。

那时将近凌晨二时,阮小玲不会一直没睡着吧? 我一把抱住她。她蜷在我的怀里，像一只柔软的兔子。

我俩约了吴家祥一家在某茶馆小聚。吴家祥妻子一坐下来就盯着阮小玲看，一说话才知是关心面膜的敷用效果。应付这一情况阮小玲倒不必让人担心，二人畅快地聊了一会儿，其结果是我又买了六盒面膜(既然吴家祥答应借钱)。之后话题自然转到孩子身上，其间吴小祥吃饱喝足，急着去玩，吴家祥带他出去了，我也跟着出去了。我是出去抽烟。没有三个男性的干扰她们聊得更无拘束，据阮小玲转述，吴家祥妻子对她不想生孩子感到震惊，她难以想象她的生活里只有一个后知后觉的吴家祥，不仅力劝阮小玲生孩子，还一一为她排忧解难。比如产后修复，就深入到如何治疗盆底肌松弛、腹直肌分离等问题，甚至包括产后胸腹整形。总而言之，吴家祥妻子什么都干过，当晚还向阮小玲展示了自己的身体，由于过于精致阮小玲一度怀疑她的脸也是假的。二人大有相见恨晚之感，没过几天就一起去了趟新西兰，当然阮小玲是公差，而吴家祥妻子是旅游。

还需一提的是，在门口抽烟时，我遇见了朱金娜。她也是从茶馆里出来，遇见我时谈不上惊讶，也没有惊喜。她向我要了根烟。我们在门口聊了几句，相隔一米以上，考虑到吴家祥父子随时可能出来，我还后退了两小步。我对朱金娜说有几个同学在这里聚会(未点明吴家祥夫妻)，但她没说跟谁在一起。我们不约而同抬头望天。月亮很尖,很翘,很细,很远。朱金娜说自己最近又画了两幅,话音刚落就一脸幸福地笑起来。我对她说我找到了那部日本电影,她眼睛一亮。

现在去看?

现在?

嗯。

里边还在等,要不改天?

就现在,走。

今天真不行。

朱金娜狐疑地看着我,不再坚持。二人就此作别(我回茶馆,她停在原地)。走回包房时我发现门倒锁着(大概此时吴家祥妻子正向阮小玲展示身体),又踅了出去。我找到吴家祥,此人正在点餐区陪孩子看海鲜。我又回到茶馆门口,朱金娜已经不见了。我不知道还能去哪里。因此当晚的多数时间,我都像是个多余的人。晚上九点多钟,一行五人准备离开,吴家祥牵着吴小祥的手走在前面,我跟在后面,吴家祥妻子和阮小玲走在最后,我们就这样又和朱金娜遇上了。具体情况是,双方在廊道上相向而行,朱金娜先是经过吴家祥,吴家祥没认出来(或没看到),紧接着经过我,我靠向吴家祥,佯装埋头看手机,此后我听到吴家祥妻子和朱金娜打了声招呼。我绕到吴家祥身前,回头看了一眼,恰好看到阮小玲对朱金娜点头致意。双方仅逗留了一小会儿,也许不超过一分钟,就各自朝前走去。拐个弯,阮小玲对吴家祥妻子谈起朱金娜。

刚才你那女同学挺漂亮啊。

呵呵,故事挺多的。

是吗?

读大学的时候,有一阵子,整夜待在老师画室里。

男老师?

嗯。师娘还大闹一场,她就当没事一样。

不会吧? 看不出来。

我们都说她是怪人。大学四年,从没和我们一起逛街吃饭看电影,连衣服都不怎么买。

那她能干什么?

画画呗。

画画?

你说我们这种末流大学的美术系学生,能教教小孩子就不错啦,还想当什么画家?

我家的还想当小说家呢。可把我吓了一跳,现在还有人写小说?

阮小玲大笑。

阮小玲去新西兰了。当晚,我就带上手提电脑去找朱金娜。我来到文创园,折到窗口确认。朱金娜果然在。我兴匆匆奔向画室,打开门(门是开着的),朱金娜却不见了。她的画室比之前更乱了。许多画框歪歪斜斜地挤在一起,让人眼花缭乱。画板上,是一个少女坐在一只蝉上,也许是蟑螂,我无法确定。少女很小,被头发遮盖的脸埋向双膝,而蝉(或蟑螂)的轮廓很大,二者比例严重失调。一份只吃了一点的盒饭搁在木桌上,一根筷子掉落在地。木桌下竖着另一幅画,一个穿肉色连衣裙的少女被一群黑蚂蚁簇拥着拖动。我蹲下来,辨别眼前的黑蚂蚁与多日前所见有何异同。这时,朱金娜回来了。她没看到我,兀地脱下围裙和外套,侧身坐在镜子前。此时朱金娜无疑成了画中的少女,她双肩裸露,双手抱膝,低垂着头,目光从手脚的空隙间透出来,仿佛在窥视镜中的自己。我蹲在朱金娜身后两三米的地方,因为双脚发麻不得不改成屁股着地,除此之外,没有发出任何声响。画室里悄无声息,一切被注视的事物都变得异常醒目:朱金娜马尾辫的轻微摆动,毛孔中的细小汗毛,连衣裙错落的褶皱和阴影,以及油画颜料落在画板上的凹凸纹理,甚至一缕风经过画室的曲折路径。朱金娜站起来时依然没发现我,她拾起一张砂皮纸去擦拭少女的脸庞。没有犹豫,没有惋惜,那决绝的样子是我从未见过的。

我赶在她重拾画笔前干咳了两声。

朱金娜吓得不轻,浑身战栗了一下。少顷,才恢复镇静。

我不是故意的。我说,你认真的样子真可爱。

我也不是故意的。她说着,赶紧把外套套回去。

我是来写东西的。

在我这儿?

是啊,感觉你这里挺好。

我掏出手提电脑,寻找适合它的角落。赤橙黄绿的木桌当然可以,但如此二人只能背对着背,无法随时观测彼此的动态。我来到起居区,那里有张原木小床,床上被褥的扭曲程度超乎想象。一张小课桌贴着书柜立着,其上有几本画册,一盏台灯,台灯竖杆上夹着一个小风扇。我坐下来,架板与书本之间有十余厘米的空当,恰好可以看到朱金娜。

就是这里了。

我习惯写一个小时,休息半个小时,你休不休息自便,怎样?我问。

朱金娜一惊一乍地打量着我,没有点头,也没有摇头。她径自画画了。我看着她画画的样子,之后埋头写作,写了一小会儿,又抬头看她。她有时专心涂抹,有时抿嘴一笑,有时瞪眼睛皱眉头。有一回,她漫不经心地摇着画笔,一不小心蹭到脸颊,留下一道深褐色色块,极像疤痕。她没去擦拭疤痕,也许是没注意,也许是无所谓。又有一回,她从屁股后捞了一把什么,咬牙切齿地扔向画板。从动作来看,这一从后捞来的,显然是一个虚拟的屁。

别太用劲,小心甩到我身上。我说。

之后连续几个晚上，我都在朱金娜的画室。我们就这样度过了一段难忘时光。通常从晚上六点开始，至次日凌晨结束，其间轮转休息四五次。事实上，二人创作的时间逐日减少，而休息的时间则逐日增加。我依然滔滔不绝。我对朱金娜谈起了鸡鸣狗盗的童年（多次因偷橘子或葡萄被扒裤子）、孤芳自赏的小说世界（与大多数成名之前的作家一样）以及了解的各种昆虫（既然朱金娜在画昆虫），内容多来自白天速读的《草地上的嗡嗡声》和《昆虫记》。朱金娜依然不太说话。她从不谈及过去。我不知道她经历过什么，也不知道她老家在哪里，工作是什么，亲密的朋友有哪些，有没有或有几个追求者。我能确定的信息依然仅限于：女性，吴家祥妻子的同学，画画。

我们一起看了那部日本电影，听了多首林肯公园的摇滚歌曲，还趁周末在一个山脚下抓了几只蝴蝶。一个月光皎洁的夜晚，我们一起走进文创园外的荒地，荒地外的村庄人烟稀少，灯火幽明，一条河流自西向东静静流淌，我们站在生机盎然的杂草丛中，听取蛙声一片。那个夜晚朱金娜异常雀跃。有许多次，我差点就抓着她的手了，最近一次，二人指尖不超过一厘米。

朱金娜：我真想离开这里。

我：你想去哪里？

朱金娜：去一个从没去过的地方。

我：一切都重新开始？

朱金娜：嗯，一切都重新开始。

我：我陪你。

朱金娜：真的？

我：真的。

我们笑得合不拢嘴。

回去的路上阮小玲发来消息，质问我为什么几天里都没有联系她。我搪塞了几句，不知哪一句露出马脚，阮小玲非要视频不可。我撇下朱金娜，拼命跑到车上，在城郊的小路上胡开一气，差点迷路，好不容易才回到宿舍附近。一路上阮小玲不停追问，终因没有证据作罢。她告诉我，她明天回来。

我回到画室，坐在小课桌前，但无心码字，又不知如何开口。我累了，一头栽在朱金娜的床上。朱金娜一直在画画。我们一句话都没有说。我不知道她什么时候回到床上。她也躺下来，双脚拐向床沿的另一边。二人的身体，大致构成一个小于号。我们就这样悄无声息地过了一夜，其间谁都没怎么调整睡姿。我肯定是睡着了，因为没意识到身上裹了一截被子。经过一番周折，被子的另一截，裹在朱金娜的腰间。

次日一早，我蹑手蹑脚收拾好电脑，准备离开时，发现朱金娜已经坐起来，透过书柜看着我。

是女朋友回来了？

我嗯了一声，面红耳赤。

你要去她那里？

要去接机。

一定要去？

我在门口踯躅片刻，幻想着朱金娜冲下床一把抱住我，默默离开了画室。

有一段时间，我没有联系朱金娜。从新西兰回国后，阮小玲就请了年假，非拉我去新疆不可，好像是赶在买房前尽情享受人生。旅途中我倒是担心过朱金娜联系我。事实证明这一担心是多余的。朱金娜没有联系我。这又一度让我情绪低落。我不时点开朱金娜的微信，期待她更新朋友圈，从中发现她暗示我联系她的蛛丝马迹。可是没有。她甚至没有转发那次画展的文章。最近一条微信状态还是两年多前的。她转发了一个我闻所未闻的行为艺术家的访谈。据说此人把自己关在笼子里长达一年之久。我渐渐意识到，在离开画室的那一刻，我就成了被朱金娜抹去的败笔。她那决绝的样子依然印刻在我心里。

有一天，我终于按捺不住，发消息给朱金娜。朱金娜没有回复。我又打电话给她，她也没有接听。吃过晚饭，我又打电话给她。这一回终于接通了。在画室吗？我近乎哀求。在。朱金娜说。她语气很淡，但不冷，仅凭这一字，仍可体察她内心掩藏着一份期待。我马上来。我说。

我会告诉她我爱她。

我马不停蹄赶到文创园。堆着建筑垃圾的草坪多了一摞摞油画。几个男人从门厅里出来,手上各提着两三幅油画,其中一幅居然是《在吸烟室里抽烟的女人》。他们小心地把油画叠放在一起。我走上草坪查看。果真是从朱金娜画室里搬出来的。朱金娜出来时,正用手背拂拭着额前的汗珠。

怎么了?搬画室?

不是。

那是要把它们搬到哪儿去?

等下你就知道了。

我也顺手搬了几幅。朱金娜的画室空了,但我没看到那幅坐在蝉(或蟑螂)上的少女。我得知这几个男人是玩乐队的,从内蒙古什么地方来。一搬完,也不打声招呼,他们就钻进一辆越野车。音乐骤然响起,越野车倏地离开。天暗了,几颗极细小的星星如同尘埃点缀着夜幕。朱金娜不时在通话。我不明白她为什么突然有那么多电话,直至策展人开着一辆皮卡车进来。我吓了一跳。没想到连他都没从她的生活中消失。几乎是带着一份屈辱,我和策展人一起把一摞摞画搬上皮卡车。朱金娜在门口的一棵大榕树下徘徊,翘首等待着什么。从远近不同方位射来的灯光,把她的影子拆解得很散淡。

又来了几车人。一个披头散发的男人在门口下车,告诉朱金娜人齐了,接着一一与各车司机击掌。我不知道将会发生什么。也许全场的人，唯独我不知道将会发生什么。很快他们都走了。文创园里只剩下我、朱金娜、策展人三人。我迎上去，为即将与朱金娜独处感到兴奋。策展人坐上皮卡车，在我身后叫了一声，上车咯！朱金娜对我点头致意，从我身边一掠而过。

一起来。她轻声说。

说真的，当时我有些不悦。我不得不开车跟在皮卡车后。策展人技术很差，不时紧急刹车，这让人更为闹心。油画在货箱里磕磕碰碰，没有任何防护，很难揣测等待它们的命运是什么。车子来到半山腰的一块荒地上（皮卡车长驱直入，我的小车被卡在石缝间）。半空中晃动着许多道手电筒的光柱，荒地上站着十几个人，都在朝皮卡车招手。我加大油门，急着把车倒出去，接着匆忙出来，没走几步，就看见荒地上堆着一堆稻草干。我呆呆地站住，看着他们把一摞摞油画搬下来，放在稻草堆上。那几个早到的乐手扛着贝斯或吉他，跳到皮卡车上。我没有看见朱金娜。我不知道朱金娜在哪里。我需要马上找到她。我恍惚地挨近稻草堆。不知道谁嚷了一句什么，现场顿时安静下来。只见朱金娜从皮卡车里走出来，低头走向油画堆。又不知道谁嚷了一声，点火。朱金娜闭上眼睛，双手合十，在额前连叩三下，从策展人手中接过打火机，弯腰点燃了稻草堆。音乐随即响起来，是《生如夏花》。歌声粗野而忧伤。

我是这耀眼的瞬间
是划过天边的刹那火焰
我为你来看我不顾一切
我将熄灭永不能再回来
我在这里啊
就在这里啊
惊鸿一般短暂
像夏花一样绚烂
…………

画框被引燃了,接着画框和画框彼此互燃。荒地上火焰升腾。一曲终了,众人不再肃穆,而是忙着拍照录视频。我看到策展人竟扛着一台摄像机窜来窜去。这实在是惹人讨厌的角色。皮卡车上的乐手仰头向天,大口大口灌着啤酒,又把空瓶抛向远方。音乐越发劲爆,高潮时刻仿佛撕裂夜幕。朱金娜一直站在火堆边,五官被照映得火红透亮。我站在火焰的另一端,眼巴巴看着她。我希望她也能看一眼我。她终于看到我了。我立即朝她走去。

我:烧得好快。

朱金娜:嗯。

我:怎么把那么多画烧了?

朱金娜:没地方放。

我:可以放我那里。

朱金娜:不合适。

我:不觉得可惜吗?

朱金娜没有回答,只是静静地对着火焰。不久后,火势就不再蹿升,而是缓缓下降,直至火光暗淡下来。我们沉默地站着。此时,阮小玲的电话来了。我犹豫着没有接听。但朱金娜挪开了,使我失去了不接听的理由。我也挪开了几步,之后告诉阮小玲正在参加一个诗会。阮小玲诘问,怎么不早说?我又搪塞了几个理由。在我挂断电话之际,油画已经燃烧殆尽。

不知什么时候,在场的人都围住了朱金娜。朱金娜和其中好几个人拥抱,包括策展人。劲爆的音乐也突然变得柔和。不远处,手电筒排成长长一排,光柱齐齐射向天空,看起来挺壮观的。他们还没有离开的意思。朱金娜也没有。披头散发的男人从怀中掏出一个小罐,装了满满一瓶灰烬。我不知道我能为朱金娜做什么。我始终是个局外人。

我走到朱金娜身边,对她说,我先走了?

朱金娜诧异地嗯了一声,回到她熟悉的人群中。

之后我没再见过朱金娜。我的生活回到既定的轨道。我和阮小玲结婚了,紧接着买下了面朝清湖的房子,很快装修,在如何装修上又产生分歧,那份备忘录没有发挥任何作用。

到了收尾阶段，我拗不过阮小玲，陪她去了趟文创园。那里新开了一家灯具店。阮小玲对各色小众灯具喜欢的不得了，和老板娘聊个没完。就在那时，我走了出去，走向草坪，走到朱金娜画室的窗外。里边空无一物，唯有一面破裂的镜子以及那张赤橙黄绿的桌子。接着我发现，窗扇的边角夹着一个白色纸盒。我取下纸盒，它暴露在外的部分已经瘫软，而夹在室内的一小半依然坚挺。

这就是我送给朱金娜的面膜。我站在草坪上，掏出打火机，点燃纸盒，看它慢慢燃烧，化为一片灰烬，接着随风飘散，消失得无影无踪。